光文社文庫

文庫書下ろし／長編時代小説

新《しん》酒《しゅ》番《ばん》船《ふね》

佐伯泰英

光　文　社

この作品は光文社文庫のために書下ろされました。

目次

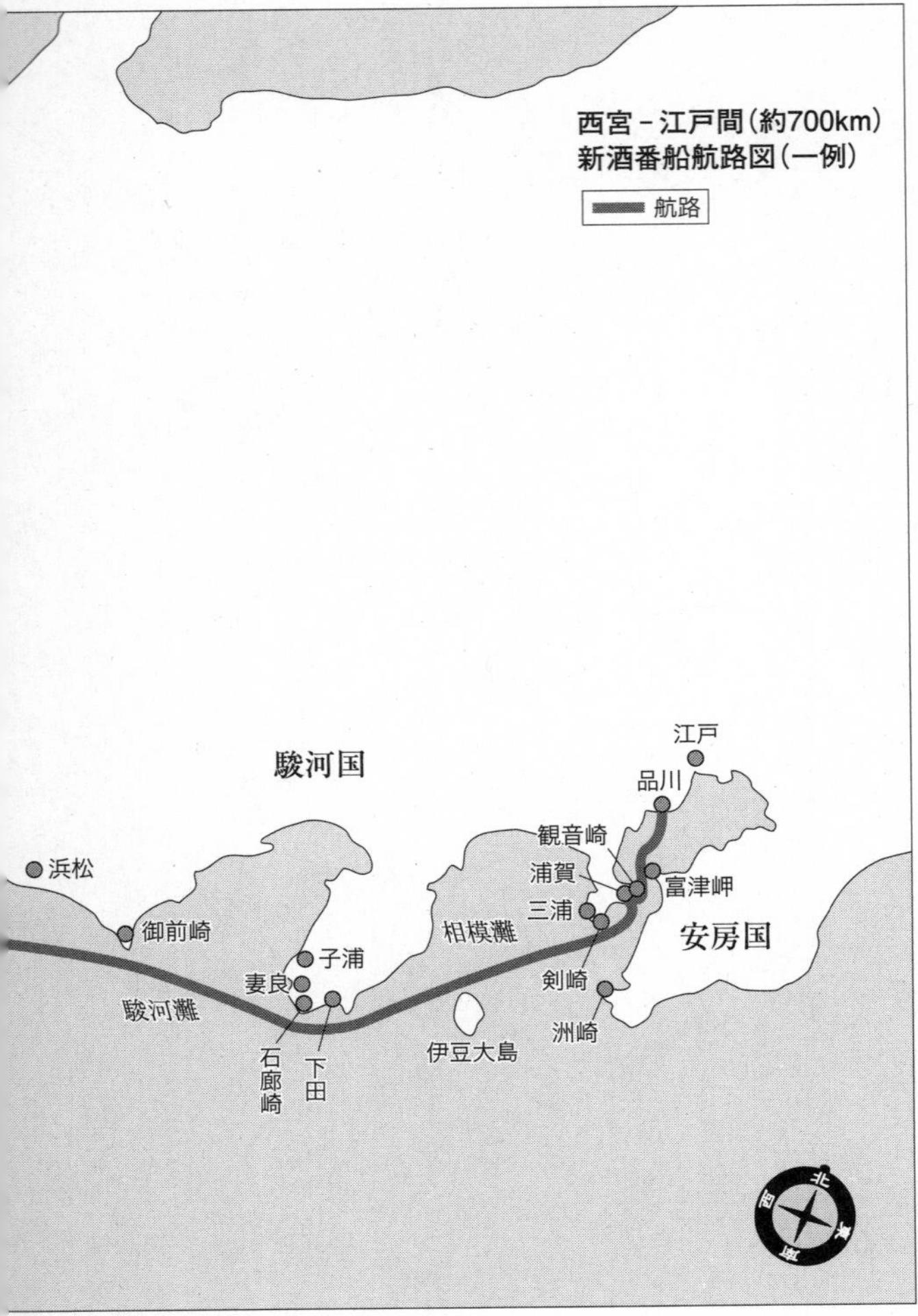

西宮－江戸間（約700km）
新酒番船航路図（一例）
航路
江戸
駿河国
品川
観音崎
浜松
浦賀
富津岬
三浦
御前崎
相模灘
安房国
子浦
剣崎
妻良
駿河灘
洲崎
石廊崎
下田
伊豆大島
北
東
南
西

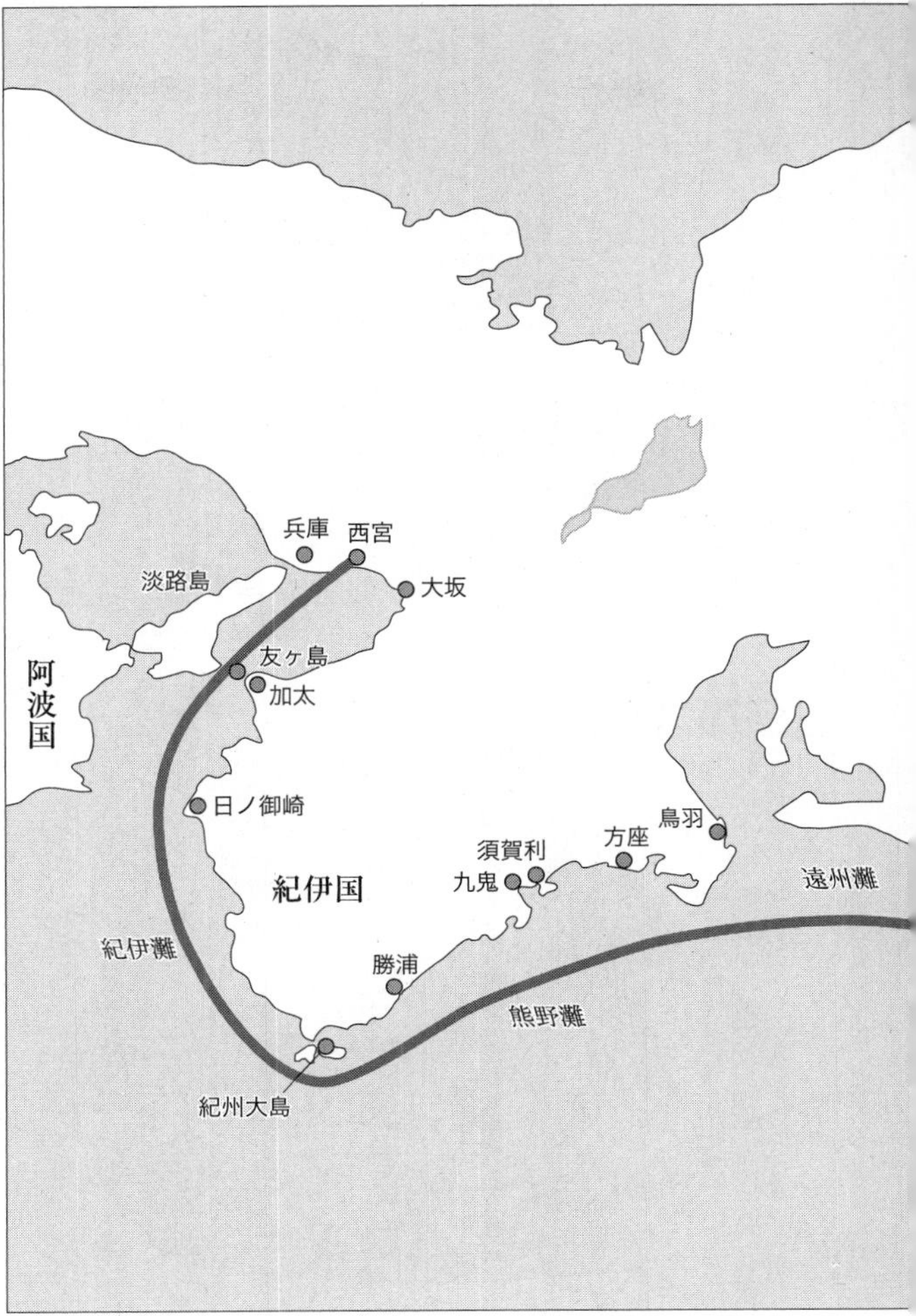

兵庫
西宮
淡路島
大坂
友ヶ島
加太
阿波国
日ノ御崎
紀伊国
須賀利
九鬼
方座
鳥羽
遠州灘
紀伊灘
勝浦
熊野灘
紀州大島

弁才船

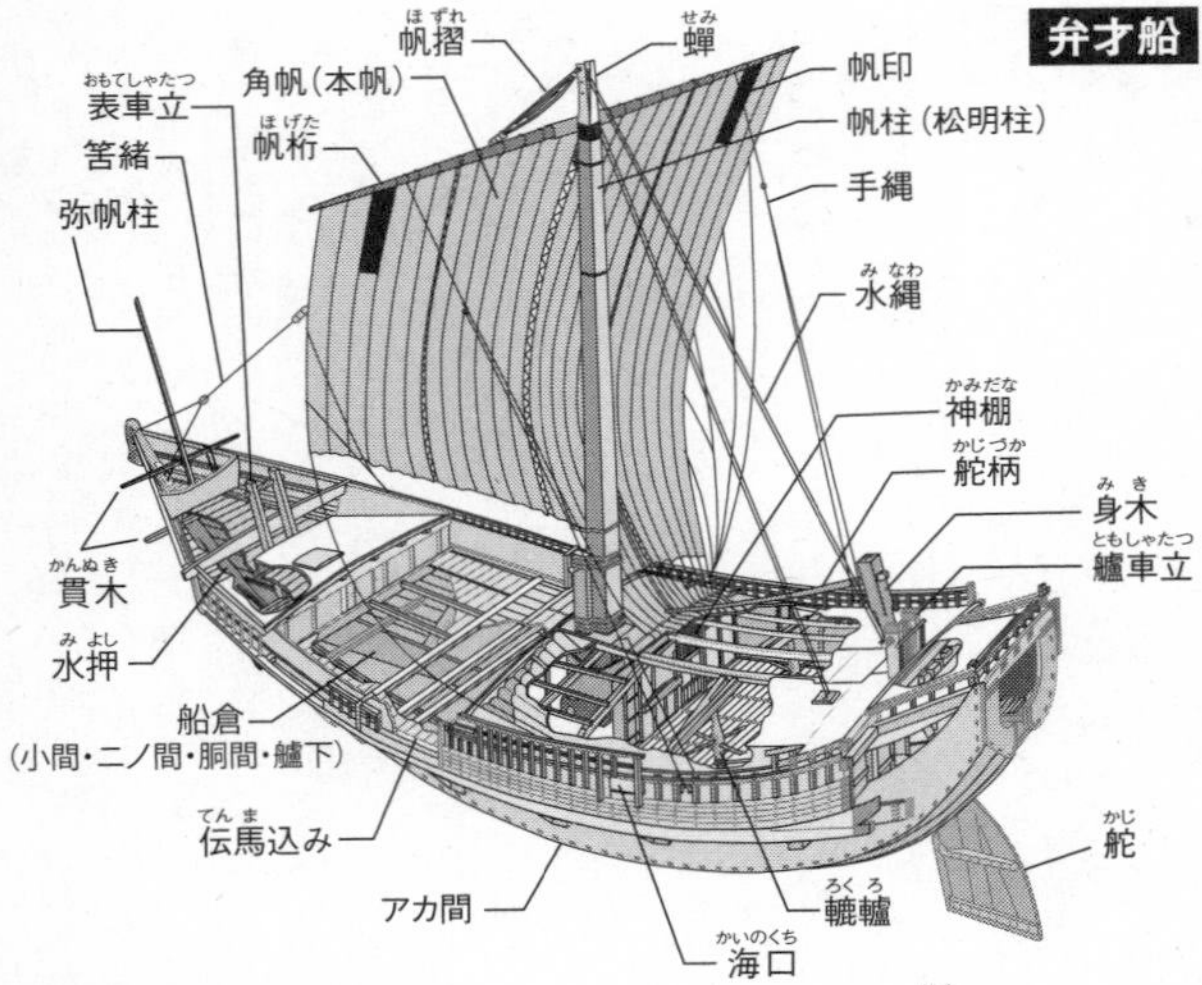

三井丸のイメージ図

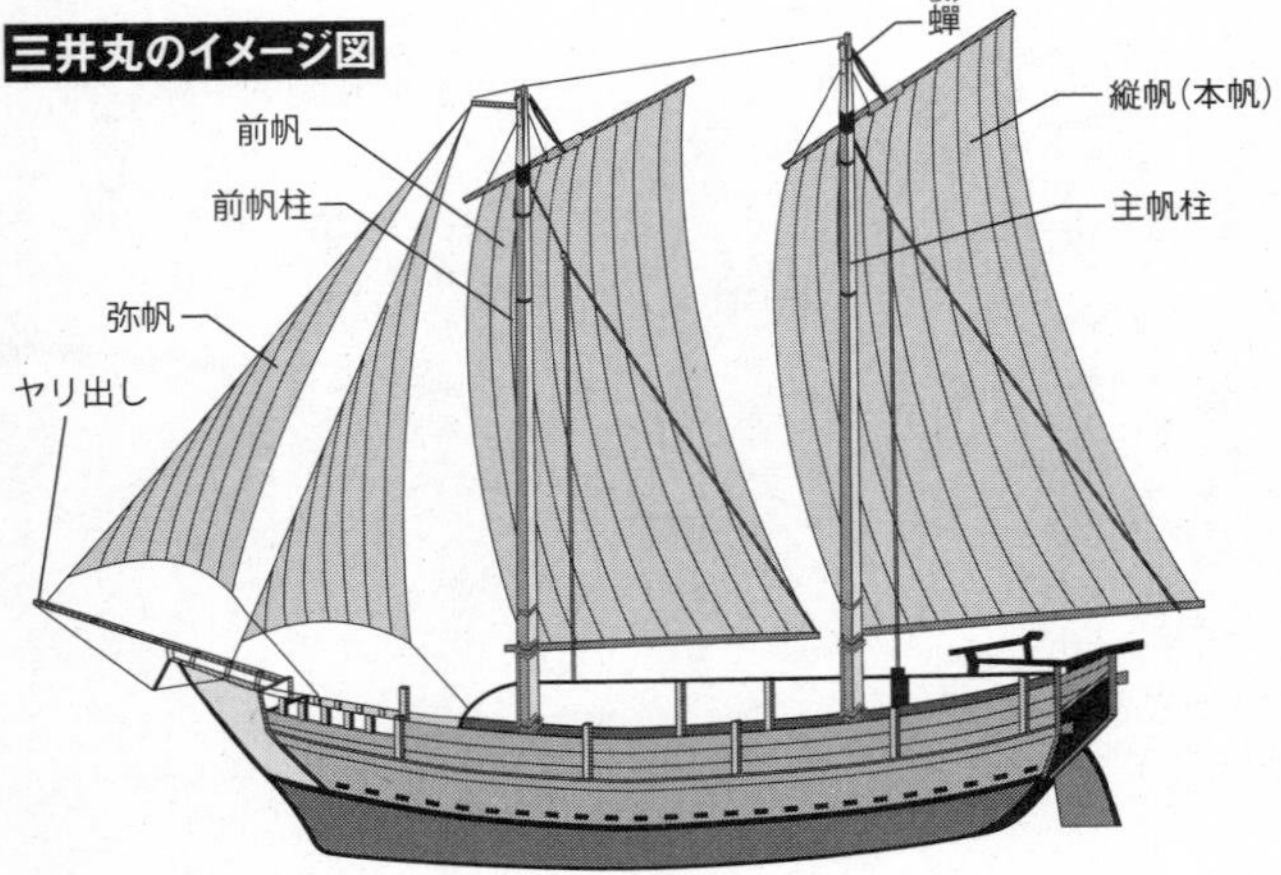

新《しん》酒《しゅ》番《ばん》船《ふね》

序

丹波篠山《たんばささやま》に古城があった。戦国武将としてその名を轟《とどろ》かせた波多野《はたの》氏の居城、八上城《やかみじょう》で、丹波富士とも呼ばれる単独峰の高城山《たかしろやま》の頂《いただき》に設《もう》けられていた。海抜《かいばつ》千五百余尺（約四百五十九メートル）のその山城に海次《かいじ》は立ち、眼下に広がる篠山の水田を眺めていた。今は青山《あおやま》家が治める篠山城下の領地である。

海次の家系は代々丹波杜氏《とじ》で、ただ今は親父の長五郎《たけごろう》がその四代目の頭司《とうじ》を務めていた。丹波杜氏は灘五郷《なだごごう》に百日稼《ひやくにちかせ》ぎと呼ばれる出稼ぎに出て酒造りに励《はげ》んできた。

この冬、海次は初めて灘五郷の一《いち》、西宮《にしのみや》の酒蔵《さかぐら》に百日稼ぎに出ることを許された。海次は生まれてこのかた、篠山の暮らししか知らなかった。海次の身内は百日稼ぎの他の日々、わずかな田畑の百姓をし、篠山周辺の山の杣人《そまびと》として暮らしてきた。

ともあれ数日後には初めて灘五郷を知ることになる。

海次は背に負った杣弓と矢をひとゆすりして落ち着けると、手造りの木刀《ぼくとう》を手に高城山から篠山城下を囲む山峰《やまみね》に向かって走り出した。十一、二のころから山歩きが好きで、猪《いのしし》、鹿、熊などとは幾《いく》たびとなく出会った。だが、獣《けもの》同様に迅速《じんそく》に走る海次を仲間と思ってか、生き物が海次に危害を加えることはなかった。

山走りもあと数日で終わりを告げ、酒蔵で蔵人《くらびと》見習として働く。親父が丹波杜氏の頭司で兄も蔵人だ。なんの不安もなかった。

ただ幼《おさな》なじみの小雪《こゆき》としばらく会えないのが寂しいなと思いながら岩場を飛び越え、谷へと下り、崖《がけ》を駆け上った。

海次は、

（鳥になりたい）

と思った。

人間は飛ぶことができないのが、なんとも悔《くや》しかった。いつの日か鳥のように高みから人の暮らしを見たいと思っていた。

第一章　百日稼ぎ

一

十八歳の海次は迷っていた。

思案していた。

海を見るのが好きだった。

仕事の合間に酒蔵を抜け出し、海をしばしば見た。灘五郷の一つ、西宮の浦《うら》から摂津《せっつ》大《おお》坂《さか》の内海《うちうみ》が見える。さらに西南の方角に淡路島《あわじしま》が望めた。

海は広い、と海次は思った。海の字が入っている名は親父の長五郎が名付けたものだ。

海次は、親父が西宮郷の酒蔵樽屋《たるや》松太夫《まつだゆう》方に百日稼ぎと呼ばれる出稼ぎに出ていたとき生まれた。西宮浦の海を見ながら杜氏の仕事をしているときに次男として生まれたゆえ、海次と名付けられた。兄の山太郎《さんたろう》も海次もふだんは丹波篠山《ささやま》で百姓や山働きをしながら、農作業の終わる十月頃になると、西宮郷の丹波杜氏として親父の下で働いた。

杜氏とは、もともとは酒造りの頭分《かしらぶん》である頭司が語源で、酒蔵の責任者のことを指すが、丹波杜氏といえば、丹波の出で酒造りに関わる蔵人集団の意にも用いられた。

海次は未《ま》だ、丹波杜氏二年目で、

「蔵人見習」

と呼ばれる半人前の職人だ。百日稼ぎを五年ほど続けている山太郎はすでに一人前の蔵人で、ゆくゆくは長五郎の跡目《あとめ》を継いで樽屋五代目の頭司につく心積もりだ。だが、海次には父や兄のように百日稼ぎをすることに迷いがあった。去年初めて新酒番船《しんしゅばんふね》の勇壮な船出の光景を見て、海の仕事に惹《ひ》かれていた。

新酒番船とは、灘五郷から江戸まで、その年の新酒を運ぶ船のことだ。酒蔵ごとに仕立てられた船が江戸品川《しながわ》まで到着を競う競争をするのだ。

(自分も江戸に向かって新酒を詰めた樽を運ぶ水夫《かこ》になりたい)

と思った。だが、親父が許すはずもなかった。

(どないすればええか)

そのとき、新酒を運ぶ西宮の廻船問屋《かいせんどんや》鹽屋《しおや》の新造船、二千石船三井丸《みついまる》が何艘《そう》もの曳船《ひきふね》に引かれてゆっくりと入ってきて、舳先《へさき》を沖合に向けると停船した。

（おお、なんとも大きい船やなあ）

去年見た新酒番船のどれよりも大きく、かつ敏捷《びんしょう》で精悍《せいかん》な感じがした。帆柱《ほばしら》が二本で、和船にはないヤリ出しが舳先に伸びているのが西洋の快速帆船を感じさせた。

数日後には、この西宮浦から十五隻《せき》の新酒番船が江戸を目指して一斉に出帆《しゅっぱん》する。西宮浜では出航をにぎやかすための舞台が設けられていた。

（この機会を逃せば永久に海に出ることはできへん）

と思った。

すでに新酒造りは終わり、丹波杜氏の百日稼ぎはほぼ終わっていた。酒造りに使った大樽の手入れが終われば、西宮から一日の旅で篠山に戻ることになる。この一日の近い距離が丹波杜氏の存在を世に知らしめていた。

文政《ぶんせい》期、灘五郷の酒は江戸で珍重されていた。鉄分の少ない湧水《ゆうすい》と良質な播州米《ばんしゅうまい》、それを活かす丹波杜氏の技《わざ》と勤勉な働きぶりが生み出した銘酒《めいしゅ》だ。かつては伊丹酒《いたみざけ》が下《くだ》り酒の生産高では群《ぐん》をぬいていたが、文化《ぶんか》十二年（一八一五）には、灘五郷が一位に立っていた。とはいえ、海次には丹波杜氏の一員として、本業の百姓仕事をしながら晩冬から春にかけて西宮郷で百日稼ぎをする気は失《う》せていた。

(おれは大海原《おおうなばら》が見たい、江戸に出てみたい)

と密《ひそ》かに考えていた。

「海次、蔵に戻らんか。四斗樽《しとだる》を番船に積み込む仕度《したく》をせえへんと」

と山太郎の声がして海次を呼んだ。

「兄さん、われらは樽を浜まで運ぶ手伝いやな」

「おう、それや」

「兄さんは親父が造った新酒を番船に積み込む仕事をしたことがあるんか。大船にどうやって積まれるか見たことはあるか」

「おう、何年も前に樽屋の鹽一丸《しおいちまる》に積み込む作業に加わったから承知や。なかなかの力仕事やで」

「兄さん、あそこに見える船は新造の番船やな」

「今年、新造番船の三井丸や。千石船の倍の大きさはある。四斗樽が三千樽はたっぷりと積めるねんて」

「親父が造った新酒やな」

「おお、おれたち丹波杜氏が手掛けた新酒『神《かみ》いわい』や」

「兄さん、おれ、番船の船倉《ふなぐら》が見てみたい。樽運びをさせてくれへんやろか」

「蔵人が四斗樽の船積みまで手を貸すことないわ」

「兄さんは承知やろうが」

山太郎が海次の体付きを確かめるように見た。

「兄さん、おりゃ、四斗樽を扱えるで」

十八の海次は背丈《せたけ》は六尺（約百八十二センチ）に近く、丹波の山走りで鍛《きた》えられて四肢《しし》はしっかりとしていた。

山太郎は弟が百日稼ぎの蔵人見習に決して満足していないことを承知していた。

「船頭衆《せんどうしゅう》も水夫も気が荒いから、下手《へた》うつと海に放り込まれるで」

「下手なんてうたへん。おりゃ、四斗樽を独《ひと》りで運べるで」

「船積みは人足《にんそく》衆の持ち場や。海次がいくら力持ちやいうても、独りで船に載せるなんて無茶はさせへんで」

「おれにはできる」

海次の返答に山太郎がしばし考えた。弟が酒造りに関心を持つのに棹《さお》さすことならば、船積みの手伝いをさせてもよいか、と思い直した。

「よし、親父におれから願ったる。親父から酒蔵の松太夫様に話してくれるんやったら、なんとかなるかもしれへん」

と兄が請《う》け合った。

「あり難《がて》え」

珍しく海次が礼の言葉を述べた。

「西宮浦から江戸にはどれほどの日数がかかるん、兄さん」

海次は山太郎が請け合ってくれたことで、ほっと安堵《あんど》したか、沖合に泊まる三井丸を見ながら問うた。

「江戸の品川沖までおよそ四、五日と聞いた。これまで一番早かった新酒番船は二日半で武江《ぶこう》に入津《にゅうしん》したというで」

「ぶこうってなんや」

「武蔵国《むさしのくに》江戸を縮《ちぢ》めて武江と呼ぶんと違《ちゃ》うんか。つまり江戸のことや」

「兄さん、おれらは丹波篠山の山育ちや。江戸のことはなにも知らへん」

「うちの殿様が老中を務めておられるのが江戸の真ん中にある千代田《ちよだ》の城や」

「千代田城の城主様が公方《くぼう》様やな。うちの殿様とどっちが偉いん」

「海次、おまえ、公方様とうちの殿様を比べよるんか。話にもならへん、比べようもないわ」

ふーん、と鼻で返事をした海次だが、どっちが偉いのか分からず仕舞いに終わった。

「兄さん、西宮から江戸まで徒歩《かち》で十五、六日はかかると聞いたで。それを新酒番船は四、五日で帆走《はんそう》するんか」

「おお、一年の稼ぎがかかっとるからな」

「どういうことや、一年の稼ぎがどうして船の走りにかかっとるんや」

「ええか、江戸の酒、地廻《じまわ》りは味があかん。灘五郷の酒に比べても下酒《げしゅ》や。せやから江戸の男衆《おとこし》は下り酒が好みと聞いた。それもな、新酒は地廻りの何倍の値がしても飲みたいそうや」

「兄さん、酒はそれほど味が違うんか」

「海次、おまえは見習でも蔵人や。親父の造る酒がどれほどのもんか、酒飲みになったらすぐに分かる。丹波杜氏の頭司、親父が造る酒『神いわい』は灘五郷の酒蔵の中でも群を抜いてうまい、江戸でも評判の酒や。大坂や京《きょう》でも高く取り引きされる」

ふーん、とまた鼻で返事をした海次は沖合の三井丸の大きな船体を再び見た。

「一年の稼ぎがなんで船の走りと関わっとるんか、兄さんは話してへん」

「おお、それか、よう聞け」

と山太郎が自慢げに弟に告げた。兄は頭司の跡継ぎとして親父に従い、あれこれと伝授されていた。

「新酒番船で品川沖に一番先に着いた船は、惣一番《そういちばん》と呼ばれ、ご祝儀《しゅうぎ》相場で取り引きされる。惣一番の酒は、次の年の新酒番船の競争まで高値で売られるんや。酒蔵の樽屋松太夫さんの懐《ふところ》に入ってくる金子《きんす》は惣一番と二番船以下ではえらい違いやで。あの新造船を造った費《つい》えなどすぐに取り戻せる」

長五郎が造る「神いわい」は江戸でも評判の酒だが、新酒番船でこの数年勝ちを失っていた。つまり「惣一番」の栄誉と特権を得たことはない。そこで廻船問屋の鹽屋がなんとしても今春こそはと、満《まん》を持《じ》して新造したのが三井丸だ。

「親父の稼ぎも惣一番になれば違うんか」

「おお、松太夫さんから祝儀が出るからな」

「なんぼや」

「うむ、海次、酒が飲めるようになったら教えてやろう」

と山太郎が言った。

海次は、兄は未だそれを親父から教えられてないのだなと思った。

「おれたちは新酒番船の結果を知ってから篠山に戻るんか」

「江戸の品川沖に惣一番が着いた報せは早飛脚で知らされる。わしらの春正月はあの三井丸が惣一番になるかどうかで決まる」

と答えた山太郎が不意に、

「親父が怒っとるで。海次のせいで、怒鳴《どな》られるのは敵《かな》わん」

と海次を呼びにきたことを思い出した。

「大事な酒造りは終わっとるわ。あとは浜まで四斗樽を運べばことは済む」

と答えながら、海次は気持ちを固めていた。

(なんとしても新酒番船の三井丸に潜《もぐ》り込みたい)

「篠山は雪が積もっとるやろうな」

と不意に山太郎が言った。

「十分に残っとるやろう。山にも城下にも」

と応じた海次も思い出していた。

「兄さんは、篠山に戻れば河原町《かわらまち》の小雪と祝言《しゅうげん》やな」

「ほう、忘れてへんかったか」

「兄さんに幼なじみの小雪を口利きしたのはこのおれや。忘れるもんか。祝言は如月《きさらぎ》の初めか」

「おお、そのあたりや」

「楽しみか」

にんまりと笑った山太郎が、

「祝言な、初めてやから分からへん」

といささか不安げな顔に変えた。

「兄さん、女を承知やな」

と弟が兄に質《ただ》した。

「うむ、むろん承知しとる」

と胸を張った山太郎だが、西宮の曖昧宿《あいまいやど》で女郎《じょろう》を一、二度買ったくらいだと海次は思った。兄はくそ真面目《まじめ》なことを弟はとくと承知していた。

「案ずるな」

「案じてなんかおらん。小雪は気性のええ娘や、ええ嫁御《よめご》になるやろ」

「弟のおまえが小雪の気性までよう承知とは、どういうことや」

「小雪との付き合いはおれが先やで。おれが八つのときに城下の祭礼で知り合《お》うとる。兄さんより長い付き合いやわ」

「まさか、海次」

「兄さん、案ずるな。小雪はおぼこや、おれがよう承知しとる。これからはおれの義理の姉さんやからなあ」

と海次が応じたとき、

「おい、山太郎さん、海次。頭司が、かんかんに怒っとるで。早《はよ》う仕事に戻れって」

と樽屋の番頭《ばんとう》の七蔵《しちぞう》が呼びにきた。

「おお、弟と話しとるうちに時を忘れてもうた。七蔵はん、すまんな」

と山太郎が丹波杜氏として長い付き合いの酒蔵樽屋の老練《ろうれん》な番頭に詫《わ》びて慌てて蔵に走り戻っていった。そのあとを海次がゆっくりと従おうとすると、七蔵が、

「海次、おまえさんは酒造りに関心がないいん違《ちゃ》うか」

と質した。

「いえ、そんなことは」

「ないて言うんか」

海次はしばし番頭の顔を正視《せいし》して、

「番頭はん、おれの名は海次や、海を見るのが好きなだけや」

「そりゃ困ったわ」

「どうしてですか、番頭はん」

七蔵は山太郎が姿を消した方向を見た。

「親父の跡目は山太郎さんやな」

「いかにも兄さんです」

「杜氏の才は、山太郎さんより弟のおまえさんにあるとうちでは見とる」

「親父は兄さんを跡継ぎにと胸のうちで決めてます。おれも異存はありまへん」

「丹波杜氏が高く評価されるんはなんでやろな」

と七蔵が質した。

灘五郷の中でも酒蔵樽屋の銘柄《めいがら》「神いわい」は京・大坂でも江戸でも高く評価されていた。それだけに番頭の力は大きかった。これは雑談ではないのだ、樽屋の番頭が口にする言葉は、酒蔵の主《あるじ》の意思だ、と海次は思った。

「さあ、そんなことは考えたことないわ」

「なんで考えへんのや。丹波杜氏にとって大事なことやで」

樽屋の番頭がなぜかような折にかような話を持ち出したか、海次はしばし沈思《ちんし》した。

「灘五郷にはええ水があり、播州で穫《と》れる米がある。先代からの教えと経験を守った丹波杜氏がその二つを『旨酒《うまざけ》』に仕上げる技やろか」

「当たり前の返答やな」

「違いますんか、番頭はん」

「おまえさんは杜氏の親父が先代からの教えと経験を守って、と言うたな。丹波杜氏ならば、頭司でなくても蔵人見習のおまえさんでも承知のことや。丹波杜氏の頭司には、勘《かん》とな、遊び心がないとなれへん」

「勘と、遊び心ですか」

「くそ真面目なだけでは、旨酒はでけへん」

と七蔵が言い切った。

「親父様も若いころはようこの西宮で遊んだ。京にも足を延ばして花街《かがい》に通った。通人《つうじん》の仲間もいた」

どういうつもりか、七蔵は山太郎が真面目一辺倒《いっぺんとう》と言っていた。

「番頭はん、おれになにをせえと言われますんや」

「四代目長五郎さんの跡目、樽屋の頭司五代目は、山太郎さんで致し方ないやろ。うちでも口は出せへんからな。せやけど、山太郎さんの助っ人《すけっと》におまえさんの勘と遊び心が要《い》る、そのことをな、おまえさんに言うときたかった」

「兄さんの助っ人になれと言われますか」

「さよう」

と七蔵が海次を見ながら言い切り、

「これは代々続いてきた丹波杜氏長五郎さんと西宮郷の酒蔵樽屋松太夫方にとっても大事

なことや」

と言い添えた。

海次は思わず、

「ふっ」

と大きな吐息《といき》を漏《も》らした。しばし間《ま》を置いた海次が言い出した。

「番頭はんの命《めい》、肝《きも》に銘《めい》じました。そのうえでお願いがあります」

「なんや」

「酒にまつわるすべてが知りたいんです」

「差し当たってなにが願いなんや、おまえさんら丹波杜氏の百日稼ぎは終わった。もうすぐに篠山に戻るやろうが」

「明日からの新酒の船積みの手伝いがしたいと思てます」

海次は兄の山太郎に親父へ望みを伝えてくれと頼んだが、山太郎は親父によう言い切らぬだろうと危惧していた。ならば、樽屋の老練な番頭七蔵に願ったほうが早いと気づいたのだ。

「荷船《にぶね》に四斗樽を積んで、三井丸に横づけして船積みするのは力だけでできへんで。コツが要るからな」

七蔵が海次の本音を知りたいと思ったか、そう言った。

「ええ機会です。明日からその経験を積みたいんです」

こんどは七蔵がしばし沈黙した。

「ええやろう。沖船頭《おきせんどう》の辰五郎《たつごろう》は、疾風《はやて》の辰五郎の異名を持つ船方や。私のほうから願っとく」

「お頼み申します」

と頭を下げた海次は、七蔵の頼みを断るような行いをなしたときにどうなるか、丹波杜氏の頭司長五郎一族の行く末が気にかかった。西宮の酒蔵樽屋松太夫方とは長い付き合いで信頼関係があった。

(どうしたもんか)

新たな悩みが海次の胸に生じた。

二

海次は浜から四斗樽を積んで三人の水夫が漕《こ》ぐ荷船に乗り込み、沖合に停泊する新造二千石船三井丸の左舷《さげん》側に横付けした。左舷側にはもう一艘、そして右舷《うげん》にも複数の荷船が新酒の樽を運んできていた。

樽を積み込むところからすでに競争は始まっていた。むろん実をともなう競争ではない。こちらは荷船でいかに早く船積みするかの争いだ。早く積んでも出航の刻限は同じだから影響はないのだが、こんな争いを繰り返して新酒番船の惣一番を競《きそ》う雰囲気を高めていくのだ。海次は、新造帆船《ほぶね》三井丸が、

「大きい」

と思った。

この三井丸に三千樽を超える四斗樽の新酒を積んで江戸に向かうと思うと胸が熱くざわめいた。それに今年は西宮と摂津大坂の廻船問屋の番船だけではなく、格別に江戸の廻船問屋八州屋《はっしゅうや》の武蔵丸《むさしまる》が一隻加わり、都合十五隻の惣一番争いだ。いつもより増して熱い海の戦いが展開されると予測された。西宮の廻船問屋鹽屋にしても酒蔵樽屋にしても、新造帆船三井丸にかける期待は大きかった。

「見習、ぼうっとしてないで働け、海に蹴落とすで」

荷船の人足頭《がしら》が海次に怒鳴った。

「へ、へえ」

舷側《げんそく》から滑車《かっしゃ》で吊り下げられた麻縄で編まれた網籠《あみかご》が降りてきて、四斗樽が素早く網籠

に入れられて三井丸の船上へと吊り上げられていく。

荷船が波間に揺れる中での作業だ。重い四斗樽を麻の網籠に入れるのがなかなか難しい。人足たちは二人から三人がかりで四斗樽を抱えて入れた。

初めて四斗樽の荷積みをする海次はどう動いてよいか分からない。だれもが丹波杜氏の蔵人見習を邪魔だと思っていることがありありと窺《うかが》えた。一人だけのけ者になっていた。

「よし」

と己に言い聞かせた海次は、四斗樽の一つを両手でひょいと抱き上げ、

「あいよ」

と降りてきた空《から》の網籠へと差し出した。無言で水夫らが海次の怪力《かいりき》を見た。が、なにも口にしなかった。すると三井丸の上から、

「早う樽を入れんか」

と潮風《しおかぜ》に鍛えられた水夫《か こ》頭《がしら》と思《おぼ》しき声が命じた。荷船の人足たちも海次が抱えた四斗樽を網籠に入れざるをえない。

海次は滑車が上げられるのを見て、新たに別の四斗樽を肩に担ぐと三井丸の舷側から垂らされた縄梯子《なわばしご》をするすると上がっていった。

菰《こも》かぶりの四斗樽は二十四貫《かん》（約九十キログラム）あった。それを蔵人見習の海次は肩

に軽々と載せて平然と不安定な縄梯子を登っていく。

荷船の人足も船の水夫も、今度ばかりは唖然《あぜん》として海次の動きを見ていた。四斗樽を担いで縄梯子を上がる人足など考えられなかった。

海次は酒蔵で菰樽を独りで運んでいた。丹波篠山で材木運びや山走りを十一、二歳からなしてきた海次には、四斗樽を運ぶくらいはなんでもなかった。蔵元の樽屋でも、

「頭司の次男坊は、蔵人としては未だ素人《しろうと》だが力だけはある」

と言われてきた。

今年で二度目になる百日稼ぎに出てきた見習の海次が、密かに自慢できるのは大力《だいりき》だけだ。蔵で扱いながら、四斗樽を担ぐコツを会得《えとく》していた。長い足で、
ひょい
と新造の番船の船べりを跨《また》いだ海次を沖船頭の疾風の辰五郎が迎《むか》え、

「われ、なんの真似や」

と糺《ただ》した。

「船頭はん、丹波杜氏というても蔵人見習や。おれは四斗樽ならば独りで運べる、船の上で菰樽を落としたり壊したりは決してせえへん。おまえさん方も三千樽も積むのに日にちの余裕はないやろ」

と言い返す海次に、

「ならば小間《こま》まで運んで、水夫頭《オヤジ》の指図《さしず》に従わんかい」

と船倉に入る階段を指した。

「あいよ」

と承《うけたまわ》った海次は、なんと初日から三井丸の船倉に入ることができた。甲板《かんぱん》から入る陽射しで独りで四斗樽を担いできた海次を見て、オヤジと呼ばれる水夫頭がにやりと笑って肩から樽を下ろす手伝いをした。

「見ん面《つら》やな。われはなにもんや」

とこちらでも訊《き》かれた。

「樽屋の蔵人見習や」

「蔵人見習が新酒運びの手伝いか。ええか、この三井丸は三千樽以上もの四斗樽を積んでの初航海や。荷積みは一回やないで、数日は続く。一回や二回の力自慢で終わるわけやない。分かってかような真似をしとるんやろうな」

と海次の力を侮《あなど》るように言った。

「オヤジさん、おれは最後までやり通す」

「ほう、できるかできへんかやってみい。せやけど、四斗樽担いで縄梯子なんぞを登ってくるんやないで。艫《とも》下に海口《カイノクチ》と呼ばれとる、水夫が乗り降りする戸口がある。次からはおまえの荷船はそっちにつけてもらうんや」

と命じた。

この日、海次は浜と三井丸の間を何往復もして四斗樽を独りで運んだ。荷船の櫓《ろ》漕ぎは一切手伝いをしなかったし、海次もさせるつもりはなかった。浜で荷船に載せるのも三井丸の海口から運び込むのも独りでやってのけた。

新酒番船の三井丸の主船倉は船底《アカ》の上に、舳先から小間、続いて二ノ間、胴間《どうのま》、艫下と区別され、それぞれに間仕切《まじき》りがあった。二ノ間と胴間の間のいちばん低い部屋を淦間《あかま》(アカ間)と呼ぶことがあった。船のほぼ中央部で、このアカ間という空間にはアカが集まるゆえ、こう呼ばれた。アカはふなゆともいい、船底にたまる水のことだ。

海水であれ真水《まみず》であれ、水は船暮らしには必要欠かせぬものだが、同時に船乗りを死に至らしめる変事を引き起こした。ゆえに水というのを忌《い》んで淦と表現した。だが、水夫がそんな曰《いわ》くを承知しているわけもない。

水夫頭《オヤジ》は三千樽以上もの四斗樽を、高波や大風の折でも動かぬように水夫に指図して手際よく積んでいく。

海次は独りで四斗樽を運ぶ特権を使って、二千石船の船倉の構造を頭に刻み込んだ。

昼になり、浜で昼飯を食べた。兄の山太郎が、

「海次、山と海は違うで、無理したらあかん。篠山に戻って使いもんにならへんのでは、本業には戻れん」

「兄さん、四斗樽を担ぐくらい大した仕事やないわ。潮風はええな、酒の香りよりなんぼかええ」

「海次はまだ半人前やで、百日稼ぎに樽積みはないわ」

「終わりまでしてのけてみせる。途中で止《や》めてみい、荷船人足にも三井丸の船頭にもオヤジにも馬鹿にされよるで」

「樽を落として怪我《けが》でもしてみい。いや、新酒の樽を落として割るのは、新酒番船の船頭衆がいちばん嫌《きら》うことや。船頭にはこの一年の稼ぎがかかっとるからな、惣一番になれば、船頭から水夫見習まで一年を大尽《だいじん》暮らしや。せやから、つまらんことでケチはつけてもらいたくないわ」

「案ずるな、兄さん。おりゃ、祝言をおれのしくじりであかんようにして、兄さんに恥を掻《か》かせる真似はせえへん」

と海次は言い切った。一方で、いま考えていることを実行したら、親父や兄は職を失うことがあるのではという考えが頭に浮かんだ。だが、自分が何をしても、知られるのは先

のことだ。そのころには丹波杜氏らは篠山に戻っていよう、と思い直した。

「親父はなにか言ったんか」

「いや、なにも言わん。怪我をせえへんうちに止めてくれと腹の中では思とるんやないか」

海次はしばし考えた。

「違うな、兄さん」

「どう違うんや」

「おれが荷運びを始めたとき、止めんかったで。途中でおれが投げ出したと知ったら、親父はがっかりする」

「世間には分《ぶん》があり、分にそった持ち場がある。蔵人見習が四斗樽を独りで番船に積み込んで、なんの自慢になるんや。荷運び人足の恨《うら》みを買うだけや」

「自慢なんかにするもんか、人足の恨みを買っても屁《へ》でもないわ。せやけど、兄さん、丹波杜氏頭司の親父らが造った『神いわい』がどんなふうに江戸へ運ばれていくか知っとくのも、悪くはないやろ」

「杜氏の役にはたたん」

と山太郎が言い切った。

二日目、海次は朝起きてみると体じゅうがばりばりと強張《こわば》っていた。だが、だれよりも早く浜に出て樽屋の新酒「神いわい」の入った四斗樽を荷船に積んだ。荷船の人足は昨日と同じように決して手伝おうとはしなかった。

海次も手伝ってもらう気はさらさらない。

初日に積み込まれた四斗樽は、小間、二ノ間までほぼ埋めていた。二ノ間と胴間の間に水夫ノ間という小部屋があったが、水夫がざこ寝するせまい空間で、時にこの居室にも樽を積むという。胴間から艫下とひたすら四斗樽が積まれていくと、三井丸の喫水《きっすい》がだんだんと下がってきた。

「どないや、われ、樽運びを悔やんどらんか」

水夫頭《オヤジ》の弥曽次《やそじ》が海次に質した。三井丸の水夫頭であり、沖船頭の疾風の辰五郎の腹心《ふくしん》の一人として水夫たちを使いこなした。といっても三井丸乗組みの船乗りは、沖船頭以下十六人という。樽屋の蔵人の数より少ない。

「オヤジ、だんだんと面白うなってきた」

海次は最初、オヤジさんと呼んでいたが、他の水夫に倣《なら》ってオヤジと呼ぶようになり、弥曽次もそれを許していた。

「まだ冗談口が叩けるんか、なら今日はなんとかもちそうや」

と弥曽次が応じた。

「オヤジ、荷積みは明日じゅうに終える心算《しんさん》か」

「明後日《あさって》の吉日、明け六つ（午前六時）には出船や。荷積みはどないなことをしても明日じゅうに終えなあかん」

「終わらんかったら、どないなる」

「夜どおし荷積みや」

「それでも間に合わなかったらどないなる」

「見習、新酒番船を前に縁起《えんぎ》が悪い話はなしや。われは自ら望んで樽積みを願ったんやで。なんとしてもやりぬけ」

「オヤジ、やり遂げてみせる」

「蔵人見習がぬかしおるわ」

弥曽次がにたりと笑いながら言った。

「やり遂げたらなんぼか褒美《ほうび》が出るか」

「褒美が欲しゅうて荷積みを願ったんか」

「いや、われら丹波杜氏の造った酒が、どんなふうに江戸に運ばれていくか知りたかっただけや」

からからから
と豪快に笑った弥曽次が、

「昼餉《ひるげ》は船のめしを食うていけ。浜のめしよりうまいで」

「ありがてえ」

船乗りのめしを馳走《ちそう》になった海次は、艫下の間の、樽が積まれた隙間《すきま》でわずかな休息をとった。その間、海次の姿がしばらく見えなくなったのに、だれも気づいた者はいなかった。

新造の二千石船には、船底《アカ》上の主船倉の上にさらに上層《じょうそう》船倉が設けられていた。甲板下の上層船倉は、主船倉ほど天井が高くない。ゆえに主船倉を満杯にすれば明日一日で上層船倉に樽を満杯に積めぬことはなかろうと、素人ながら海次は判断した。それにしても体じゅうががちがちに固まっていた。

(あと一日頑張れ)

と己を鼓舞《こぶ》して二日目を終えた。

酒蔵の蔵人宿に戻ると山太郎が、

「荷積みは終わりそうか」

と質した。

「明後日の夜明けに出船や。なにがなんでも終えなあかんとオヤジに尻を叩かれた」

「蔵人見習がまるでほんものの水夫のような大口を叩いとるで」

蔵人頭《がしら》の竹三《たけぞう》が嫌味《いやみ》を言った。

竹三は丹波杜氏の蔵人の中でも一番年季を重ねていた。だが、三十の半《なか》ばを過ぎて独り者の上に気性が卑怯《ひきょう》だった。竹三に虐《いじ》められて蔵人を辞めた者は三、四人ではきかなかった。

「兄さんが訊いたから、オヤジの弥曽次さんの言うた言葉を伝えただけや。大口でもなんでもないわ」

「ほう、三井丸の水夫頭の弥曽次と対等に口を利く間柄《あいだがら》になったんか。おめえ、なにを考えとる、海次」

「おりゃ、蔵人見習やけど、われらが造った酒がどう江戸へと運ばれていくか、知りたかっただけや」

「そんなことのために馬鹿力自慢が酒樽運びか」

「悪いか、竹三さん」

「おめえの魂胆《こんたん》が知れんわ。大方、次の頭司の山太郎さんの寝首《ねくび》でもかく肚積《はら》もりやあらへんか」

「竹三さん、海次はわしの実の弟やで、弟は親父や兄のわしを困らせることなど考えとらん」

兄の山太郎は、二人が諍《いさか》いになりそうなことを案じて口をはさんだ。

「兄さんは人がええから、弟の肚積もりを読み切れんだけや」

「どういうことや」

山太郎の問いにしばし間を置いた竹三が、

「嫁は弟のお古かもしれへんで」

と言い放った。

「竹三、わしら兄弟の仲を裂《さ》いてなにをしようという魂胆や、おめえさんは古手《ふるて》の蔵人やが、口にしてええことと悪いことがあるで」

激昂した海次が拳《こぶし》を固めて竹三に迫った。

「ほおー、蔵人頭のわしを見習が殴るんか、殴ってみい。いくら頭司の次男とはいえ、蔵人頭を殴るなど許されることやない」

竹三が顔を突き出した。

「止《や》めんか、竹三、海次」

頭司の長五郎がいつの間に姿を見せたか、平静な声音《こわね》で言った。

「頭司、わしの言うことがおかしいか。丹波杜氏頭司の血筋でも見習は見習やで」

と言い残すと、竹三はぷいっと部屋を出ていった。

「山太郎、海次、あやつの言うことは気にするな」

と長五郎が兄弟に言った。

「親父、諍いはいつものことや。こたびも海次のせいやない、蔵人頭の口で始まったんやで」

分かっている、という顔付きで長五郎が頷《うなず》いた。

「兄さんが頭司の跡継ぎになることを竹三は妬《ねた》んどる」

と海次は言ったが、ただそれだけの事情でないことも承知していた。

竹三は、翌月に山太郎と祝言をする相手の小雪に惚《ほ》れて、幾たびも口説《くど》いたことを幼なじみの海次はとくと承知していた。

「竹三さんは蔵人としての腕前はなかなかのもんや、だれもが認めとる。だがな、親父、生《な》り物《もん》の中に一つでも腐《くさ》ったもんが混じっとると、他の生り物も傷《いた》むというで。兄さんが五代目頭司に就く折までに、蔵人頭の処遇《しょぐう》を考えといたほうがええ」

と海次が大半の蔵人がいる前で言い放った。

その言葉を大半の蔵人が、うんうん、という表情で聞いた。

「海次、おめえは未だ見習の二文字が取れん若造や。余計な口を利くんやないで」

と長五郎が海次に静かだが険《けわ》しい口調で注意した。

「分かっとる。おりゃ、未だ半人前の見習や。せやけど、親父の人がええことに竹三が付け入っとることも忘れんといてくれ。篠山で百日稼ぎに出たくとも出られんで、泣いとる者のことを考えてくれへんか」

と願った海次は大部屋をそっと出ていった。

三

翌朝、海次は昨日と一昨日より早く風呂敷包みを手に浜に出た。荷船船頭の姿はなかった。独りで荷船に四斗樽を二段に黙々と積んだ。

「今朝はえらい早いな」

名さえ覚えていない荷船船頭が、せっせと働く独り仕事の海次に嫌味交《ま》じりの言葉を言い放った。

「今日じゅうに樽を積めへんと半端《はんぱ》積みで新酒番船の争いに出ることになるからな」

「ど素人が樽積み三日目にして一人前の口を利きよるわ」

その言葉を聞き流して、海口《カイノクチ》からひと樽ひと樽担ぎ上げていった。その間に荷船の船頭はただ艫に座り、煙草を吸っていた。その気配を見ながら海次は樽といっしょに持参した風呂敷包みを三井丸の海口にそっと投げ込んだ。

樽を上層船倉の奥から積み込んでいると、水夫頭《オヤジ》の弥曽次が姿を見せて、

「ほう、樽積みのコツを覚えたか」

と褒《ほ》めた。そのときには風呂敷包みはもはや海次の手元にはなかった。

「オヤジ、昔から江戸に樽酒を船で送っていたか」

と海次が質した。

「江戸積みはな、昔は馬の背に揺られて大井川《おおいがわ》の流れを渡り、箱根《はこね》の山を登り下りして江戸に運ばれたと聞いたことがある。せやけど、馬の背ではいくらも運ばれめえ。それであるときから樽廻船《たるかいせん》で何百樽も同時に送るようになったんや。江戸の衆は酒飲みや、それに灘五郷の酒が旨酒とよう承知しとるわ。われら樽廻船の船乗りも蔵元も廻船問屋も江戸を往来すれば大儲けや」

オヤジの弥曽次が海次に説明した。もう少しオヤジの言葉を補足しよう。元文《げんぶん》三年（一七三八）の文書曰く、

〈新酒番船の義は、十五艘を限り立直段御究被成候筈に候。例年番船の外前浮船御座候。右の船々は諸色積合、酒荷物は纔ならでは積込無御座候。近年右の船入津の砌十五艘内へ御加へ被成候得共、此の義は御見合せ、番船入津は積切十五艘限り、前浮船は十五艘の外に被成可被下候〉

惣一番を競う新酒番船は、選ばれた十五隻に限られていたことが分かる。

「オヤジらの仕事は蔵人より男らしゅうて面白そうやな」

「われ、熊野灘《くまのなだ》、遠州灘《えんしゅうなだ》、相模灘《さがみなだ》の荒海を昼夜《ちゅうや》沖走りする樽廻船の暮らしを知らんやろ。命がけの仕事やで」

「四斗樽の酒は船に揺られて味が悪くならへんか」

丹波杜氏の親父が魂《たましい》を込めて造った酒の味が船に揺られて変化するのではないかと海次は案じた。

「半人前の蔵人はなにも知らへんな。樽は杉材《すぎざい》で拵《こしら》えてあることは承知やろうな」

「蔵人見習でも丹波篠山の杣人やで、樽が杉で造られとることくらい、見なくても木の香りで分かるわ、オヤジ」

「杉材の樽の中でおまえの親父の造った『神いわい』が揺られてな、味が円《まろ》やかになり、香りもつくことを承知か」

弥曽次は、海次が樽屋の頭司四代目の倅《せがれ》であることを承知していた。

「うむ、番船にはそんな取り柄《とえ》があるんか、知らへんかった。樽運びをしたせいで一つ知恵がついた」

と応じた海次は、

「おりゃ、蔵仕事よりなんぼか男らしゅうてええ。三井丸に揺られて『神いわい』が旨酒になるところをなにより見てみたい」

と言い添えた。その言葉に隠された考えを吟味《ぎんみ》するようにしばし間を置いた弥曽次が、

「海次、能書《のうが》きたれんで樽を運べ。今日一日が勝負や」

「へえ」

と海次が荷船に戻り、空船《からぶね》で浜に戻っていった。

「三井丸は今日で終わりそうか、海次」

と珍しく浜に姿を見せた頭司の長五郎が己の次男に問うた。

「オヤジには今日が勝負と言われたけど、なんとなく目途《もくと》が立っとる顔付きやったな」

「海次、おめえが望んで船積みを願ったんや、足手まといにならへんように最後まで働け。

夕暮れまでにうまく船積みが終われば、船頭衆は前祝いや」

「親父、明日には新酒番船が勢ぞろいやな」

「ああ、船積みの終わった大坂の廻船問屋の船も西宮の船も江戸の番船も今日じゅうに西宮浦に集まってくるで。十五隻が揃えば、前祝いが沖合で始まるわ」

かつて新酒番船は、大坂仕立ては安治川《あじかわ》沖から、西宮仕立ては西宮浦から、と二つに分かれて出船した。だが、文化《ぶんか》二年（一八〇五）以降、西宮浦から一斉に出帆することに決まった。

海次は、去年の経験を記憶していた。

新酒番船が碇《いかり》を上げ、帆《ほ》を張って紀伊《きい》灘に向かう豪壮《ごうそう》な光景を見送ったあと、どこの新酒番船の廻船問屋も前祝いに飲み明かす。

その数日後、江戸から早飛脚が届いて、どこの廻船問屋の持ち船が惣一番か判明する。杜氏たちはその結果を知ったのち、それぞれの故郷に戻ることになる。

酒蔵樽屋と廻船問屋鹽屋はこの数年、惣一番から遠ざかっていた。なんとしても惣一番を得たいと新造したのが三井丸だ。

海次はその日、昼餉もそこそこに、荷船船頭が文句を言うのも無視して樽運びを続けた。

そのせいか春の日が西に沈む前に三井丸の三千樽余の四斗樽の船積みは終わった。下の船倉に水が入らない構造の水密《すいみつ》甲板には四斗樽が一つも積み込まれなかった。惣一番を狙《ねら》うためだ。

オヤジの弥曽次が海次に、

「素人がよう頑張ったな。夕餉《ゆうげ》に前祝いの一杯をやる、海次も加わらんかい」

と労をねぎらってか、招いた。

「オヤジ、おれは未だ酒が飲めん」

「なに、丹波杜氏の蔵人が酒も飲めんやて。海次、いくつや」

「十八や」

「十八なら酒を飲んでもええ齢《とし》や、なんでも初めはある」

「おれの親父に断ってこよう」

「おお、伝馬船《てんません》を使え」

と弥曽次が応じた。

その日の暮れ六つ（午後六時）過ぎ、山太郎が西宮の浜まで海次を迎えに来ていた。長五郎は海次に水夫頭からの招き話を聞くと、

「何事も経験や、新酒番船の前祝いを見てこい」

と快《こころよ》く許してくれた。

兄弟は篠山川の流れで遊び、幼いころから川舟を操ってきたから、沖合に泊まる三井丸まで伝馬船を難なく着けることができた。

「船頭衆は明日からはほとんど一睡《いっすい》もせずに江戸まで新酒番船を操るそうや。夕餉も五つ（午後八時）の頃合いには終わっていよう。迎えに来る」

「兄さん、案ずるな。伝馬船でだれぞ水夫衆が送ってくれよう」

と山太郎と浜で別れた。

海次は、親父が持たせてくれた一斗樽の「神いわい」を手土産に、主甲板での宴《うたげ》に姿を見せた。

「こんばんは、親父が造った『神いわい』の新酒を三井丸の船頭衆に飲んでほしいと持たせてくれました」

疾風の辰五郎に差し出した。

「おまえの親父さんは頭司の長五郎さんやったな。親父さんの造った酒を前祝いに飲めるんは、縁起のええことや。親父さんに伝えてくれへんか、『神いわい』の四斗樽は大事に江戸まで運ばせてもらうとな」

と辰五郎が言い切った。

「親父は惣一番になるよう、毎朝お宮《みや》さんに祈願すると言うとりました」

うむ、というように辰五郎が頷き、一斗樽を三井丸十五人の乗組みの水夫らに見せた。

「疾風の、海次はとうとう船積みを最後までやり果たしたで」

「水夫にもなかなかおらんな」

辰五郎が海次の六尺ある豊かな体を頼もし気に見た。

ふっふっふ
と沖船頭の辰五郎とオヤジの弥曽次が笑い合った。

なんぞ二人して思惑がありそうな笑いだった。

新酒番船出立《しゅったつ》の前夜だ。

一刻《いっとき》(約二時間)ほど一斗樽の酒を酌み交わした三井丸の十六人と海次は、早々に宴を終えて、明日からの番船争いのために体を休めることになった。

他の新酒番船も同じように甲板での宴を終えていた。

「沖船頭、オヤジ、馳走になりました。おれもこれにて失礼します。兄さんが迎えに出てきてますんで」

と海次は頭を下げて、主甲板から海口に下りた。

兄には、水夫が送ってくれると断っていた。海口の頑丈な木製の扉が閉じられた。

山太郎は浜に出てみたが、沖合の三井丸は前祝いの宴は終わったとみえてすでに主甲板に灯《あか》りはなく、水夫たちは就寝しているように思えた。その大いつの間にか三井丸だけではなく新酒番船の十五隻がほぼ沖合に停泊していて、その大半の番船の灯りが消えていた。明日からの厳しい航海を考えればむべなるかなだ、と思った。

それにしても海次はどうしたか、と一瞬山太郎は案じた。だが、船に泊まらせてもらったのであろうと思い直した。それというのも、廻船問屋鹽屋の船積みに貢献《こうけん》し、新酒番船出立の前夜、船頭衆に夕餉にも招かれるほど海次が信頼されたからだ。

蔵人見習の素人が新酒番船の夕餉に、それも出立前夜に三井丸に招かれるなど普通ではありえない。それもこれも海次が四斗樽運びを三日間も独りでやり遂げたことが認められ、出航まで三井丸に逗留《とうりゅう》することを許されたのであろうと、山太郎は勝手に思い込んで酒蔵の宿舎に戻った。

そのとき、海次は三井丸の船底のアカ間に潜《ひそ》んでいた。真っ暗な船底だが、新造帆船ゆえに木の香りが漂っていた。海次は持ち込んだ風呂敷包みを枕にごろりと横になった。
暗闇で見開かれた眼に三井丸の船内が浮かんだ。

樽廻船は、酒樽を専門に上方《かみがた》から江戸へと運ぶ一方積みの帆船だ。迅速さと安全性が要求された。迅速さとは、ただ船の速度をさすだけではない。船に荷積みして艤装《ぎそう》して仕立てるまでの日数が早いという意味だ。綿《めん》などを運ぶ菱垣《ひがき》廻船が荷積みして仕立てるのに十二日を要するのに比べ、樽廻船はわずか二、三日でなし終えた。

二千石級の三井丸もまた荷積みをわずか三日で終えた。

海次は、わずか三日の荷積みで三井丸のあらかたの船内を承知していた。他の樽廻船は知らなかったが、三井丸は外観がまず他の千石船とは異なっていた。なぜか主帆柱《おもばしら》の他にもう一本、舳先側に主帆柱より少し丈の低い前帆柱《まえばしら》があった。海次は知らなかったが、二本帆柱を設けているのは、異国の船とよく似た造りであった。

一方、大和《やまと》型帆船であるその他の新酒番船の帆柱は一本のみで、丸木ではなく細い柱を何本も束ねて鉄のタガをはめた松明柱《たいまつばしら》であった。この松明柱は舳先と艫にある車立《しゃたつ》を使い、取り外したりもでき、停船時は寝かせておくこともできた。松明柱に「角帆《かくほ》」を、船首には「弥帆《やほ》」を一枚ずつ広げて帆走した。

三井丸の二本の帆柱は一本柱の固定式で、和船の樽廻船とは違い、帆も「縦帆《たてほ》」とか「フランボ」と呼ばれた。それは三井丸が肥前長崎《ひぜんながさき》で建造されたことと関わりがあった。だが、未だ海次はそのようなことを一切承知していなかった。

海次は暗闇で眼を閉じた。だが、密航《みっこう》する不安と興奮になかなか眠れなかった。密航人の存在を知ったとき、沖船頭の疾風の辰五郎がそのまま乗船を許してくれるかどうか、いや、どのような処断を下すか、海次には予測もつかなかった。ともかく新酒番船が西宮沖から一斉に船出したあと、もはや引き返せない沖合に出た折、海次はアカ間を出て、沖船頭の疾風の辰五郎やオヤジと呼ばれる弥曽次に許しを乞《こ》おうと考えていた。

すべては明日、海次の運命《さだめ》が決まる。

三日間の樽積みの疲れか、じんわりとした眠りに誘われた。

海次は夢を見た。

幼い娘の顔が浮かんだ。河原町の旅籠《はたご》たんば屋の娘の小雪だ。篠山城下の町娘小雪と丹波杜氏の家系にして杣人でもある海次が知り合ったのは、お城の祭りの日だった。

六つの小雪は城下のワルガキどもにからかわれて、泣き出しそうな顔をしていた。むろんワルガキどもも本気で小雪を虐めようとしていたわけではない。だが、幼い小雪は年上の五、六人が怖かった。一人の手には蛇《へび》が握られて、小雪にはそれが怖くてしようがなかった。逃げようにもガキどもに囲まれて、蛇を突き出されただけで、小雪は恐怖に震えた。それでも涙を流せば負けだと、必死で耐えていた。

「小雪、蛇を持ってみんか」

と差し出された小雪は後退《あとじさ》りしようとした。だが、ガキの兄貴分が小雪の背後に立ち、

「小雪、蛇はかわいいもんやで」

と言った。

「へ、へびはいやや」

と小雪が叫ぶと、蛇を手にしていたガキの手を竹棒が叩き、蛇が逃げて城の堀に飛んでいった。

「だれや、わしを竹棒で打ったんは」

「おれや、海次や」

「うむ、頭司の次男か」

とガキどもの兄貴分が海次を見た。

齢は相手が三、四歳上だが、海次の親父は丹波杜氏頭司の四代目だ。そして、ワルガキの多くの身内が海次の父親のもとで蔵人を務めていた。

「猪吉《いのきち》、おなごを虐めておもろいか。なんならおれが相手しよか」

頭司の次男坊は体も齢以上に大きく、力も強いことで知られていた。海次に睨《にら》み据《す》えられた猪吉は、

「わしらは小雪と遊びたかっただけや」

と言い訳した。

「猪吉、遊びたいんやったら蛇など持ち出すな。去《い》ね、去ねえんならおれが相手になるで」

と海次が竹棒を構えた。

「くそっ」

と罵《のの》しりの言葉を残した猪吉らが二人の前から姿を消した。

その様子を見ていた小雪の眼から涙が流れ出した。

「もう泣かんでもええ。あいつらの仲間やないわ」

「とうじのとこの男や」

小雪は泣きじゃくりながら言った。

「おお、承知か、おれは海次や」

「うんうん」

と頷いた小雪の手を引いて賑《にぎ》やかな祭礼の場へと戻っていった。それが八歳の海次と二つ年下の小雪との出会いだった。

(真っ白な顔の小雪が泣き止むにはどうすればええんやろ)

海次はふと、祭りの場にひっそりと店を広げる影絵芝居《かげえしばい》のところに小雪を連れていこうと思いついた。

篠山の秋の祭礼には京や大坂や岡山《おかやま》などから大道芸人《だいどうげいにん》などの流れ芸人が多数やってくる。影絵芝居もその一つだ。気になっていたが海次は見たことがなかった。

「小雪、影絵芝居を見たことがあるか」

「かげえしばいってなに」

「おれも見たことはあらへん。白い幕に動物なんぞが映る大きな紙芝居のようなものやて聞いた」

「小雪、見てみたい」

海次は手にした銭《ぜに》で影絵芝居が見物できるだろうかと不安を感じながら、小雪を連れて行った。場所が悪いのか客はいなかった。

「影絵芝居の見物代はなんぼや」

「子ども二人か、兄と妹やな。負けてやろう、その代わり『おもろいで』と宣伝してくれ」

訛《なま》りの強い親父が白幕の背後に灯りを入れた。すると狐《きつね》の子が独り原っぱを散歩していた。どこか異国のような牧歌的な景色の中、子狐は独りで歩き回るのが好きなのか、影絵芝居の親父の口上《こうじょう》にのって嬉々《きき》として草原を遊びまわっている。

「かわいい」

と小雪が影絵芝居の子狐に見入った。

子狐は草原を抜けて砂原《すなはら》に差し掛かり、不意に不安になったか母親を探した。だが、どこにも母親の姿はなかった。狼狽《ろうばい》した子狐が辺りを無暗《むやみ》に走り回った。

「兄さん、分かるか。こりゃ、天竺《てんじく》の砂漠《さばく》や。どこまでもどこまでも砂原が続いとるで」

「篠山より広いんか」

「おお、篠山の城下の何千倍もあるやろ」

海次はそんな砂原があるものかと思ったが、黙っていた。

影絵芝居の親父が、子狐の不安を子どもに分かるように節《ふし》をつけて説明してくれた。話の途中で、海次が合いの手を入れるように訊いた。

「てんじくは異国なんか」

「おお、大きな帆船《ほぶね》に乗って何月《なんつき》もかかる異国が天竺や、お釈迦《しゃか》様のお生まれになったところや」

「おっ母さんとはぐれた子狐はどないなる」

「このさきを見とれ」

海次が見たこともない獣が子狐を狙って迫ってきた。

小雪が海次の手を握って、

「狐の子がたべられてしまう」

と不安げに呟《つぶや》いたとき、母狐が姿を見せてもの凄い形相《ぎょうそう》で獣に挑《いど》みかかり、追い払った。こうして子狐は母親のもとに戻り、砂漠から草原の住処《すみか》へと戻っていった。

「よかった」

と小雪が安堵したように漏らした。

「どないや、影絵芝居はおもろかったか」

旅の芸人が二人に質した。

「おもろい」

と小雪が答え、海次の頭に天竺なる異国に棲《す》む狐の親子が刻みつけられた。

（あの小雪と別れて、おれは三井丸の密航を決めたんや）

と思った海次は、

（おりゃ、杜氏にも蔵人にもなれん、海で生きていくさだめや）

と夢の中で己に言いきかせた。

四

山太郎は、西宮浜から沖合へと、舳先を南西に向けて勢ぞろいした十五隻の新酒番船の勇壮な光景を見ていた。すべての船は碇が打たれ、帆桁《ほげた》は下げられたままだ。こうして番船全船が揃ってみると、新造帆船三井丸の船影《せんえい》が他の十四隻とは違うことが分かった。

十四隻は一本帆柱だが、三井丸には艫側に近い主帆柱と、舳先側に丈がわずかに短い前帆柱の二本があった。素人目に二本帆柱のほうが風をひろい易《やす》いだろう、と山太郎には思えた。だが、限られた数の水夫で二本帆柱を操るのは手間がかかろうとも考え直した。

三井丸の艫は他の十四隻よりすっきりとしていた。

山太郎は鳥のように三井丸の船体をぐるりと回ってみることができたら、この帆柱の他にもあれこれと違いを見つけられただろうと思った。

不意になぜ浜にいるか、思い出した。弟の海次が昨夜から姿を見せないことを気にして最前から探していたのだ。

海次は昨夕、三井丸に招かれて夕餉を馳走になっていた。

夜、酒蔵の宿舎に戻っていなかった。朝になってもその姿はなかった。

山太郎はこのことを親父に伝えていなかった。

丹波杜氏の頭司の権限は絶大で、倅といえども厳しかった。新酒番船の出帆の刻限に姿を見せないなど許されない。山太郎はひょっとしたら、朝の間に伝馬船で沖合の三井丸から西宮浜に送られてきているかと思って早めに出てきた。だが、未明の浜に弟の姿はなかった。

西宮浜の舞台では着々と仕度が進み、その周りには番船の所属する廻船問屋の船主や酒蔵の主たちが集まり、緊張と興奮を静かに胸に秘めてそのときを待ち受けていた。

沖合の十五隻の樽廻船は出航の仕度をすでに終えていた。

文政某年一月吉日明け六つ前。

西宮浦に集った番船は、西宮の廻船問屋鹽屋など六隻、大坂の津國屋《つのくにや》など八隻、そして、格別にこの年、江戸の廻船問屋の八州屋貴右衛門《きえもん》方の武蔵丸一隻が参加を許されていた。

新酒番船は正保《しょうほう》年間（一六四五〜四八）に摂津大坂の伝法村《でんぽうむら》に始まった廻船を称するのであって、江戸の廻船問屋の所蔵船が加わるなど許されなかった。だがこの年、江戸の酒問屋や廻船問屋の強い要望もあって、試しに武蔵丸一隻だけが許された。

上方の水夫らは、

「江戸の廻船問屋の船やて、大坂の内海の潮の流れも知らんとよう競争に名乗り出ましたな」

「まあ、熊野灘に行きつけば上々《じょうじょう》、外海《そとうみ》に流されて終わりと違《ちゃ》いまっか」

などと江戸の番船をコケにしていた。

ともかく十五隻が舳先を南西に向けて出航を待つ光景は緊張と期待にあふれている。

舞台では、新酒番船の船名と船頭の名が記された切手《きって》が用意された。

各樽廻船はこの切手を携《たずさ》えて西宮浦を出帆する。江戸の品川沖に到着すると、待ち受ける江戸側の世話方に切手を渡した時点で、新酒番船の役目が果たせるのだ。

惣一番と呼ばれる番船の一番手になることが十五隻の各沖船頭に課せられていた。

浦には、酒蔵の名や銘柄、廻船問屋の屋号を染めた旗や幟《のぼり》や吹き流しを並べ立てた小舟が無数集まり、いやがうえにこの年の惣一番を決める競争の始まりをもり立てていた。

浜の一角から大太鼓《おおだいこ》の音が勇ましく響いてきた。

この太鼓の合図とともに、大勢の見物人が新酒番船の出立を見んと集まってきた。

(海次はどこにおるんか)

この大勢の人の中から弟を見つけるのはなかなか難しかった。出立のときがせまると西宮の浜にも立錐《りっすい》の余地《よち》もないほど見物人が集まり、もはや海次を探す手立てはなかった。

山太郎は、親父の姿を人混みの中で見つけた。その傍《かたわ》らには蔵人たちが「神いわい」

などの酒銘《しゅめい》や丹波杜氏が属する酒蔵の名を記した幟旗を翻《ひるがえ》して賑わいに加わっていた。

だが、その中にも海次の姿はなかった。

明け六つの出立まではあと四半刻《しはんとき》（約三十分）も残っていなかった。

西宮の浜から海へと緊張と興奮が高まり、大太鼓の響きがさらに高鳴った。

山太郎はそんな中、三井丸と記した伝馬船に乗る炊《かし》きを見た。炊きは廻船問屋鹽屋から差し入れを受け取っていた。

「三井丸の炊きさんやなあ」

「おう、われは炊きの半六《はんろく》やで」

「わしは酒蔵の蔵人の山太郎ですけどな、弟の海次が昨夜世話になったそうで、あり難いことです」

と山太郎がまず礼を述べた。

「おお、海次の兄さんか。親父さんは丹波杜氏の大将やったな」

「へえ、そうです」

「海次は樽運びをよう手伝ってくれたわ。十八と聞いたがなかなかの大力の上に辛抱強《しんぼうづよ》い弟やで」

「その海次ですけど、昨夜船から戻りましたかな」

「おお、五つ時分には船を下りたで。弟がどこにおるか分からんのか。この人混みと騒ぎや、われら樽廻船が西宮浦を出んことには、海次とは会えへんやろな」

と言い残した三井丸の炊き方の半六は伝馬船で沖合に泊まる船へと戻っていった。

海次のことを山太郎は案じていた。

なぜ丹波杜氏の蔵人見習の弟が、新酒の四斗樽積みの手伝いを三日にわたりなしたか、そのことをだ。

海次は親父の造った銘酒「神いわい」がどのように樽廻船三井丸で江戸に運ばれていくか知りたいと、親父にも兄の自分にも願った。

十八の海次があれこれと関心を持つことは分からんではなかった。だが、海次がなぜ三日にわたり、四斗樽積みを手伝ったか、海次には秘めた理由が他にあるのではないかと兄は疑っていた。

山太郎は自分が五代目の丹波杜氏の頭司になることに実弟の海次が反対しているはずはないと信じていた。

蔵人頭の竹三との諍いの折見せた言動でもそれは知れた。

山太郎が案じているのは、海次が丹波杜氏の蔵人ではなく、他の仕事に関心があるのではということだ。しかしそれがなにか兄には推量もつかなかった。

江戸積みの四斗樽を三井丸に運ぶ手伝いをしたのもそんな曰くがあってのことではないかと疑っていた。海次は丹波杜氏の蔵人を辞めるのではないかという思いが胸に浮かんでいた。

その他にも、海次が蔵人を辞めるのではと思うのには理由があった。

山太郎が丹波篠山に戻り、祝言を挙げる相手の小雪のことだ。

兄は、弟と小雪がそれぞれ八つと六つのころより知り合い、仲のよい間柄、幼なじみであったことを承知していた。

篠山城下の河原町の旅籠の娘小雪は、幼女から少女になるにつれ、清楚《せいそ》な美貌《びぼう》によって、

「篠山小町《こまち》」

として知られるようになった。

武家方《ぶけがた》を含めて何人もの男衆が小雪に関心を示したが、幼なじみの海次の存在もあり格別な関わりを持つ者はいなかった。

篠山藩の中士《ちゅうし》の次男垣内次郎兵衛《かきうちじろべえ》が海次に、

「海次、おまえは小雪のなんじゃ、血筋でもない者があれこれと小雪に要らぬ知恵をつけるではないぞ」

と海次のせいで小雪との付き合いがうまくいかないと文句をつけたこともあった。

その折、次郎兵衛は剣術仲間とおり、海次は山太郎といた。

篠山川の河畔《かはん》で、周りには他に誰もいなかった。

「おれは小雪の幼なじみに過ぎまへん。小雪に知恵なんぞつけた覚えはありまへん」

「いや、そのほうさえいなければ、事がうまくいく。二度と小雪に知恵をつけるな。ただではすまん」

十八歳の次郎兵衛は藩道場の若衆組の優良株で、剣術には自信を持っていた。掛け合いを仲間が見ていることもあって、次郎兵衛は強気にならざるを得なかった。

一方、十五の海次はすでに五尺八寸（約百七十六センチ）を超えて、山仕事で四肢を鍛え、仲間相手の相撲で負けたことはなかった。

「ただではすまんとはどないいうことですか」

「痛い思いをしたいか、海次」

「おれが痛い思いをする言うんか、おもろいわ」

「なに、ぬかしたな」

次郎兵衛が刀の柄《つか》に手をかけた。

「ほう、素手《すで》のおれを刀で斬る言うんか、いよいよおもろい。やってみい」

海次も引かなかった。

そのとき、山太郎が、

「垣内の若様、弟の無礼は兄のわしが詫びましょう、許してください」

「ならぬ。そのほうの弟め、武士のそれがしに暴言を吐きおった、許さぬ」

「どうしたらええですか」

「兄弟で土下座せえ」

次郎兵衛の言葉に海次がせせら笑った。

「小雪に嫌われたから言うて、刀で斬るて言うてみたり、関わりのない兄さんといっしょに土下座せいと命じたり。おまえさん、茶番やで」

「なに、茶番とぬかしたか」

と喚《わめ》いた次郎兵衛が刀の鯉口《こいぐち》を切ると同時に抜きかけた。さすがに仲間が、

「次郎兵衛、表で刀を抜くことはならんぞ。江戸におられる殿様に迷惑がかかってもならぬ」

と忠言《ちゅうげん》した。

殿とは老中の青山下野守忠裕《しもつけのかみただやす》だ。

だが、次郎兵衛は刀を抜く動きを止めなかった。それを見た海次が、腰を屈《かが》めたかと思うと三歳上の垣内次郎兵衛の右腰にぶつかって相手を土手の下へと突き飛ばした。

「やりおったな」

仲間の一人が次郎兵衛に加勢しようとした。そこへ折よく通りかかった武家が、

「城下で無暗《むやみ》に刀を抜く愚《おろ》か者はだれか」

と険しい口調で制したために、若衆組は刀を落として土手下に転がった垣内次郎兵衛を連れて逃げ出していった。

「そのほう、丹波杜氏の倅であったな、本日は見逃す。若衆組などと名乗る若侍《わかざむらい》と諍いをなすのは今後なしにせよ」

と注意した。

山太郎と海次は仲裁の武家が御目付《おめつけ》佐柄木伸之丞《さえきしんのすけ》であることを承知していた。山太郎が深々と頭を下げて詫び、事が済んだ。

山太郎は、弟の海次が武士相手にも理不尽なことであれば、大胆な行動をとることを承知していた。

ともかく海次の行方知れずが気がかりだった。

再び最前の考えが浮かんだ。

百日稼ぎが終わり、丹波篠山に戻って、山太郎が小雪と祝言を挙げる一件とこたびの海次の行動は関わりがあるのではないかと。

そのとき、太鼓の連打《れんだ》を合図にして、西宮浦の浜辺に十五艘の伝馬船が乗り付けて、舳先をそれぞれの樽廻船に向けた。ねじり鉢巻《はちま》きに赤ふんどしをきりりと締め込んだ水夫たちが浜辺に控《ひか》えた。

行司《ぎょうじ》が浜の一角に立ち、また歓声が上がった。

三井丸の最下層の船底《アカ》に最も近いアカ間では船の外で進行する賑わいをよそに海次が未だ眠りに就いていた。三日間樽運びを独りでこなした疲れと、昨夜、酒を初めて口にした酔いとでぐっすりと眠り込んでいた。

三井丸が西宮浦の波に、ゆらゆらゆらと揺れる様がなんとも気持ちよかった。

不意に小雪の詰問《きつもん》の声が耳に響いた。

夢の中でだ。

「海次さん、うちが兄さんの嫁になってもええんね」

小雪と海次に、先々所帯を持つなどの約束事は一切なかった。だが、幼い折から遊び相手として、互いの悩みを打ち明けられる同士として、そんな関わりが不意に終わるとは思えなかった。

海次が初めての百日稼ぎに出る直前、山太郎が弟にいきなり質した。

「海次、おまえ、小雪と所帯を持つ約定《やくじょう》をなしたか」

弟は兄を正視した。問いの意に、しばし理解がつかなかったからだ。

「兄さん、おれは蔵人見習やで、所帯やなんやと言われる齢やない」

「小雪と約束はしてへん言うんか」

「おお。なんのことや」

山太郎はしばし間を置いた。ありありとその顔に迷いが、躊躇《ためら》いが漂っていた。

「どないした、兄さん」

「わしが小雪を嫁にもろうてもええか、海次」

「なに、兄さんが小雪を嫁にする言うんか」

思いがけない発言だった。

「あかんか」

山太郎が念押しし、海次は一瞬間を置き、

「兄さん、おれは小雪やないわ。兄さんがその気なら小雪に質すのが先やろうが」

「それでええんか」

「ええも悪いもおれには返事がでけへん」

兄弟はしばらく顔を見合わせた。

そのことがあってから数日後、

「海次さん、うちが兄さんの嫁になってもええんね」

と小雪が質したのだ。

あの折の問答をその後、現《うつつ》や夢の中で幾たび繰り返し見ただろう。

「小雪の気持ち次第や、兄さんが嫌いならばそう言うたらええ」

小雪が海次を睨んだ。

「うちは海次さんの気持ちを訊いとるんや」

「おれは未だ百日稼ぎに出たこともない見習やで」

「そんなこと関係ない」

小雪が海次を詰《なじ》るように声を張り上げた。

小雪の家は河原町の旅籠で、お城の宴にも使われるような老舗《しにせ》だ。小雪には兄がいて旅籠の跡継ぎに決まっていた。小雪はどこへ嫁に行こうと差しさわりはなかった。

海次は、己の考えを伏せて丹波杜氏頭司の跡継ぎの山太郎とならば小雪は幸せになろうと思った。

不意にくるりと海次に背を向けた小雪が駆け出していった。その背が泣いているのが海次にも分かった。だが、海次はその場を動かなかった。

そのとき、海次は小雪と一緒に見た影絵芝居の狐の親子がどこかへ消えたと悟《さと》った。

海次の初めての百日稼ぎが終わり、丹波篠山に戻った折に山太郎と小雪の二人が所帯を持つことが両家の間で決まった。

(これでええ)

と海次は思った。だが、胸の中に虚《うつ》ろな想いが常に漂っていた。

ドドーン
と花火が鳴って海次は船底《アカ》で眼を覚ました。

第二章　新酒番船

一

浜辺に並んだねじり鉢巻きに赤ふんどしの水夫《かこ》たち十五人の前方に、継裃《つぎがみしも》姿の行司が立ち、前帯に差した白扇《はくせん》を抜くと広げて高々と虚空《こくう》に差し上げた。

十五人の男たちが白扇を注視《ちゅうし》する。

白扇が翻り、囃《はや》し太鼓が打ち鳴らされて水際に並んだ水夫たちが一斉に舞台に向かって走り出した。舞台には十五人の掛方《かかりかた》が並び、その背後に船名と沖船頭《おきせんどう》の名を記した幟旗が浜風になびき、水夫たちはそれぞれ自分の幟旗のもとへと駆けていく。

浜辺にいる大勢の人々から歓声と声援が起こった。

ほぼ同時に舞台に到着した水夫たちに新酒番船であることの証《あかし》の「切手」が手渡され、

水夫たちは「切手」を口に咥《くわ》えると浜に向かって駆け戻っていった。待ち構えていた伝馬船に飛び乗り、押し寄せる波間を舳先《へさき》で裂いて櫓《ろ》を漕ぎ出した。

すでに新酒番船の争いは始まっていた。

十五人の水夫たちが本船へと、櫓に力を込めて一番乗りを競い合う。

「きばれ、伊丹方」

「一番乗りやで、西宮」

「江戸廻船の意地を見せえ」

と浜辺の見物人や廻船問屋や酒蔵の関係者から激励の声が飛んだ。

ねじり鉢巻き、赤ふんどしの男たちは本船に横づけすると縄梯子を伝《つた》い、樽廻船に飛び込んでいき、沖船頭に「切手」を手渡した。

その瞬間、樽廻船が新酒を江戸に運ぶ新酒番船へと変わった。

「碇《いかり》を上げろ」

「帆を巻き上げろ」

の沖船頭の命《めい》に各番船が動き出した。各々《おのおの》の新酒番船に乗った水夫たちが機敏に動き、大坂方の新酒番船の一隻浪速丸《なにわまる》の角帆《かくほ》が風をはらんで一番に南に向かい、帆走《はんそう》を始めた。

西宮の廻船問屋の新造帆船三井丸は、三番手に帆走を開始した。だが、二本帆柱の主《おも》帆柱《ばしら》だけに縦帆《たてほ》が張られ、前帆は未だ縮帆《しゅくはん》されたままだ。

「行け、三井丸、江戸品川沖に惣一番で到着せえ」

と山太郎は声を嗄《か》らして三井丸を激励し、送り出した。

十五隻の樽廻船が一斉に帆走する光景は壮観だった。

送り出すそれぞれが想いを込めて声援し、新酒を積んだ樽廻船はだんだんと船足《ふなあし》を上げて遠ざかっていった。


海次は本帆が風をはらんで前進し始めた衝撃に体を起こした。船が出たなと思った。

(さて、いつアカ間を出るかや)

真っ暗な中で身なりを整えた。無断で新酒番船に乗り込んだのだ、どのような目に遭《あ》わされたとしても文句は言えない、その覚悟はできていた。

(親父、おれは蔵人になれへん、見習のままで海に放り込まれるかもしれへん)

と無言の裡《うち》に頭司四代目の親父に詫びた。

(兄さん、小雪と幸せになれ)

と胸の中で祈った。

暗闇の中、出船間際の甲板に出るのはまだ早いと思い直した海次は、ごろりと横になり、帆が風にはためく音や船上で怒鳴り合う緊張の声を聞きながらふたたび眠りに就いた。

三井丸は四番手で大坂の内海を南西に走り、淡路島と友ケ島《ともがしま》の間、由良瀬戸《ゆらせと》を目指していた。

水夫頭《オヤジ》の弥曽次は前帆を張る前に操舵場《そうだば》に控える沖船頭の辰五郎にちらりと視線をやった。二人はなんとなく察していた。弥曽次は、辰五郎に無言で許しを乞い、辰五郎は小さく頷くことで許しを与えた。

異国船が携える照明道具のランタンを手に主甲板下の上層船倉に下りながら、弥曽次はいとおし気に狭い階段の板壁を触った。

三井丸は西宮の廻船問屋の鹽屋《しおや》が命運をかけて新造した快速帆船だった。

去年の新酒番船が不首尾《ふしゅび》の結果に終わった直後、沖船頭の辰五郎、楫取《かじとり》の梅之助《うめのすけ》、水夫頭の弥曽次の三人は肥前長崎の造船場に向かった。一年以上も前より番船を長崎で造らせていた。八割方、普請《ふしん》が進んでいることを知らされた三人は三井丸の出来具合を確かめに長崎に向かったのだ。

西宮の鹽屋は、この数年、新酒番船で二番手や三番手に甘んじていた。

理由はあった。

この十年余、樽廻船として使ってきた鹽一丸《しおいちまる》の船体が傷んで、新酒番船を前にいくら手入れをしたところで船足が伸びなかったのだ。そこで廻船問屋鹽屋の主井三郎《いさぶろう》が沖船頭の辰五郎と相談して最後の賭けに出たのが肥前長崎での樽廻船造りであった。

このために鹽屋では手持ちの千石船三隻を手放し、新造帆船の普請料の六割増しの千六百両を用意した。

鹽屋にとって一《いち》か八《ばち》かの勝負だった。

長崎での樽廻船造りは辰五郎ら船乗りの考えだ。

大坂から江戸まで綿を積んだ菱垣廻船は荷積みから荷下ろしまで十二、三日から二十日もかかった。だが、下り酒を一刻も早く江戸に届けなければならない樽廻船はその半分の日程、なかんずく番船は五、六日で航海する宿命を負わされていた。

新酒番船の惣一番になれば、江戸での売値が二番手以下の何倍にもなった。また特権があれこれとあった。

沖船頭疾風の辰五郎は、何年も前に長崎で、米国で造られたという快速帆船クリッパーのことを聞いた。この快速帆船は積載量《せきさいりょう》より迅速性を重視して造られた帆船だ。この快速帆船を有名にしたのが、この物語より後年の清《しん》国からイギリスに向けて新茶を運ぶティー・クリッパーのカティサーク号だ。ティー・クリッパーも、中国から本国イギリスへと、どの船よりも早く新茶を届けるレースを行い、それに勝利すれば巨万《きょまん》の富が得られた。

とまれ、未だティー・クリッパーは生まれていない。

新酒番船はティー・クリッパーよりもはるか昔から生産地の灘五郷などから消費地の江戸に一刻も早く新酒を届ける競争をなしていたのだ。

辰五郎は、和船のよきところと建造技術が進んだ異国帆船の利点とを合わせた折衷《せっちゅう》二檣《ふたほばしら》帆船三井丸の建造を思いつき、廻船問屋の鹽屋井三郎に許しを願っていたのだ。

とはいえ、日本は未だ湊《みなと》の施設《しせつ》が整っていなかった。そこで船体の構造は他の樽廻船とあまり変わらぬかたちにしながらも、

「帆柱、水密甲板、段違船倉、船首《せんしゅ》、舵《かじ》」

などを日本の風待湊《かざまち》の港湾設備《こうわんせつび》に合わせて改良することにした。

一隻の船に三千樽以上の四斗樽《しとだる》を積載するために船幅《せんぷく》は変えず、船底を深くとった。船幅を広くとれば積載量は増えた。だが、一方で船足が落ちた。

新酒番船の惣一番になるには、積載量とともに迅速な航海が要求された。

そこで辰五郎らは、造船場の面々と相談しつついくつかの創意工夫をした。

船底《アカ》の上の主船倉も互い違いの船倉構造として、海が荒れても樽が動かないような間仕切りに工夫がなされていた。

樽廻船や菱垣廻船などの大和型弁才船《べざいせん》の甲板は荷の積み下ろしが楽なように大きく開いていて、航海中はその上に板を敷き詰めるだけのものだった。一方、三井丸の甲板は波に洗われても船倉に海水が入らないような水密構造とした。ために二か所の樽の積み下ろし口の穴には南蛮渡来《なんばんとらい》の轆轤《ろくろ》と滑車が利用されて樽積みを容易にまた迅速にできるように工夫した。

船首部には、船の航行に安定が増し、船足が速くなる異国船の構造が採用された。そのために弁才船の特徴、船首から船尾《せんび》の戸立《とだて》まで板を張り合わせた船底構造の航《かわら》を諦《あきら》め、異国帆船の竜骨《りゅうこつ》を採用した。そのため水押《みおし》ではなくヤリ出しが設けられ、そこに弥帆《やほ》が張られた。

舵に関しては異国船の固定式の舵が採用できなかった。前述した日本の港湾事情により、水深の浅いところに停泊する折は舵を上げねばならなかったからだ。それでも三井丸の舵は他の弁才船に比べて異国製の轆轤を使うようにしたために格段に上げ下げが簡易で、舵の機能も利きがよくなった。

外観の二本帆柱の採用により本帆と前帆を設けることができ、和船の角帆ではなく縦帆を採用し、船首には弥帆、船尾には艫帆《ともほ》が加えられていた。

沖船頭の辰五郎、楫取の梅之助、水夫頭の弥曽次の三人は、長崎に数か月滞在して三井丸に注文を出し、ほぼ完成したのちに、長崎の外海にて試走航海を重ねた。その折、造船場の和洋折衷の船造りに長《た》けた面々が二十数人乗り組んで、新造船の操船《そうせん》の補助をしてくれた。

だが、新酒番船の大事な客は文字通りに新酒様だ。この三千樽以上もの新酒様を迅速に江戸に届ける乗組みは沖船頭の辰五郎を含めて十六人しかいなかった。三井丸程度の大きさの異国帆船には、何倍もの人数の乗組員が要るという。そんな三井丸を十六人で、迅速かつ安全に江戸へと走らせる要《よう》があった。

長崎で三井丸の造船最後の作業と試走航海に携わった辰五郎らにしても、この人数で他の十四隻を相手にどのように戦えるか全く未知数《みちすう》だった。

事実、大坂の内海では四番手で走っていた。

この先には由良瀬戸が待ち受けていた。

弥曽次は主船倉下に続く戸を開いて、ランタンを突き出した。するとそこに丹波杜氏の蔵人見習の海次の顔が浮かんだ。

「やっぱりアカ間に隠れとったか」

海次はその場に平伏《へいふく》した。

「なんの真似や」

「オヤジ様、堪忍《かんにん》してください」

と言うと顔を上げてランタンの光に浮かぶ水夫頭を見た。

「われ、樽運びをなしたのはこのためか」

「おれは船を知らん。そのために四斗樽運びをしました」

「江戸に行きたいんか」

「いえ、おれは蔵人には向かん。海が好きや、わずか三日の樽運びやったが楽しかった。おれはこの船に乗りたいと思ってここに潜んだ」

「われは海が好きで三井丸に乗り組みたいと言うがなにも知らへんな」

「へえ、おれは蔵人見習やった。船のことはさらに赤子《あかご》同然や。せやけど、なんとしても親父《オヤジ》が造った『神いわい』を江戸に一番で届ける手伝いがしたい」

水夫頭の弥曽次は海次の言葉を聞いても長いこと黙っていた。

海次はアカ間に座したまま、水夫頭の顔を見つめていた。

長い時が過ぎた。

操舵場から、

「由良瀬戸に入るで」

という声が聞こえてきた。

「おまえの生き死にを決めるのは沖船頭の辰五郎はんや、わしに従え」

と弥曽次が命じた。

主甲板に出た海次は、春の陽射しに眼が眩《くら》んだ。

「オヤジ、そやつ、やはりアカに潜んどったか」

と疾風の辰五郎が水夫頭に声をかけた。

海次は慌てて甲板に正座した。

「なんで船に潜りこんどったんや」

「海が好きでな、そのうえ樽運びしたら三井丸がえらく気に入ったんやて」

弥曽次が海次に代わり答えてくれた。

「親父さんは丹波杜氏頭司の四代目やろうが」

「当人は、蔵人は向かんと言うとる」

「見習がえらく早く見切りをつけたな、なんぞ曰くがありそうや」

二人の問答を海次は平伏したまま聞いていた。

「だれか、炊《かし》きの半六を呼べ」

と沖船頭が命じた。

「船頭様、おれは無断で船に潜り込んだ。どんな罰《ばつ》も受けます」

「ほう、罰を受けるというか。オヤジ、新酒番船にケチをつけた罪は大きかろう。熊野灘に放り込むか」

「そ、それは」

と水夫頭の弥曽次が困惑《こんわく》の態《てい》で応じ、

「疾風の、熊野灘で放り込んでは、三井丸の先々に却《かえ》ってケチがつかんか」

「せやけど、こやつのために西宮浦に引き返せへん」

「それはできへんな」

年上の水夫頭が応じたとき、

「沖船頭、わしを呼んだか」

「おお、半六。丹波杜氏の跡継ぎが弟を探しとったと言うたな」

「山太郎さんが浜の人混みで血相変えて探しとったわ。まさか三井丸に潜り込んどるとはなあ」

半六が海次を見ながら言った。

「こやつ、蔵人見習やったな。昨夜、初めて酒を飲んで酔いくらい、アカ間に迷い込んで眠り込んでたんや」

と沖船頭の辰五郎は海次の告白とは違った経緯《いきさつ》を告げた。

「なに、茶碗半分の酒で酔いくらったか。そりゃ、丹波杜氏にはなれへんな」

「五代目の樽屋の頭司は兄さんが継ぐと聞いた。こやつは蔵人より海が好きとオヤジに言うたそうや」

「そりゃ、困ったな」

と首を捻《ひね》った半六に辰五郎は炊《かし》き場に戻れと命じた。

「さあて、どうする。こやつの処分やがな」

「こやつの大力は捨てがたい」

「他になにができるかやなあ」

辰五郎が弥曽次に訊いた。

この間に三井丸は最初の難関《なんかん》、淡路島と友ヶ島の間の由良瀬戸に入っていた。友ヶ島の向こうは紀州《きしゆう》加太《かだ》である。船尾で舵取りする梅之助らが海次の始末がどうつくのか、気にしながらも三井丸を瀬戸に突っ込ませていた。

由良瀬戸の潮流《ちようりゆう》に三井丸が揺れた。

「海次、酒造りの他になにができるんや」

と弥曽次が尋《たず》ねた。

「丹波におるときは杣人や。木の枝払いならできる」

「船で枝払いはできへんな」

と応じた沖船頭が、

「高い木の上に登れるんやな」

「へえ、容易《たやす》いことです」

「オヤジ、こやつを主帆柱に上がらせてみい」

と沖船頭が命じた。

海次が恐る恐る顔を上げると弥曽次が、

「海次、主帆柱に登れるか」

と主帆柱の頂《いただき》を指した。

海次は黙って見上げた。

二千石船の主帆柱は、三十六、七尺（約十一メートル）はあろうと思われた。さらに大きく揺れる海面からは五十尺（約十五メートル）はあろうかと思われた。

「できんなら前帆柱はどないや」

と弥曽次が未だ帆を張ってない前帆柱に視線を移した。こちらは帆柱の頂まで二十五尺（約七・六メートル）だ。

「登ったら船に置いてくれるか」

「おう、わしが沖船頭に願《ねご》うちゃる」

と水夫頭が言った。

よし、と両手に唾《つば》を吐きかけた海次は帆がばたばたと鳴っている主帆柱に向かった。

「無理せんでええ、前帆柱で許したる」

と辰五郎が言った。

「船頭様、どうせ登るんやったら高いほうが眺めはええやろ」

と言い放った海次は草履《ぞうり》を脱ぐと丁寧に並べて、主帆柱に向かって拝礼《はいれい》し、腰に巻いた風呂敷包みから使い込んだ麻縄を取り出した。

三井丸の帆柱二本は熊野北山川《くまのきたやまがわ》の杉材の一本柱だ。この熊野杉は、

「本末太く素直にして軽く成長したるを以て、航海に当たり船体の動揺少きがためなり」

と船乗りに評価される材だ。

海次の長い腕でも抱えきれない杉丸太の一本柱に、輪にした麻縄を自分の腰と帆柱にぐるりと巻いた。篠山の山で使い込んだ太い麻縄の道具だった。帆柱と腰に通した麻縄にはたるみがあった。そんな輪っかの中で上体を後ろに反《そ》らすと輪っかに体重がかかり、ぴんと麻縄は張った。その麻縄を両手で摑み、同時に上体を帆柱側に倒して輪っかに余裕を持たせ、ひょい、と上に体を飛ばし上げた。次の瞬間、麻縄の両端を摑んで裸足《はだし》の両足裏で

帆柱をしっかりと摑むと、海次の体は甲板から三尺（約九十一センチ）ほど浮き上がっていた。さらに体を帆柱側に寄せ、両足裏で帆柱を摑んで支えると緩《ゆる》んだ麻縄を上へと投げ上げた。杣人が自然に猿《ましら》から学んだ動きだ。両手両足が一本の輪っかの麻縄と連動して何とも身軽に操られ、こんな動作を間断なく繰り返すと、一気に主帆柱の頂に海次は手をかけていた。

沖船頭と水夫頭ばかりか水夫連も啞然《あぜん》として言葉もない。

蟬《せみ》と呼ばれる主帆柱の頂に腰を下ろした海次は、

「海はええ、なかなかの眺めや。鳥になったようや」

と叫んだ。

操舵場の沖船頭と水夫頭の弥曽次が顔を見合わせ、にたり、と笑い合った。

二

樽廻船十五隻が出航したあと、各廻船問屋の家ではそれぞれの屋号を染め出した華やかな半纏《はんてん》を着こんだ百人以上もの人々が鉦《かね》や太鼓を打ち鳴らし、鹽屋でも、

「三井丸三井丸、やれいけそれいけ」

「疾風の辰五郎沖船頭、惣一番や惣一番や」

などと声を張り上げて囃し立て西宮郷を練《ね》り歩いた。むろん十五隻の新酒番船の船主はどこもが惣一番になることを熱望して、それぞれの地元で練り歩きをしていた。

丹波杜氏長五郎ら一行もお練りに加わり、そのあと、船主方での前祝いの宴に呼ばれていた。こんな賑やかしがどの廻船問屋宅でも展開された。

「神いわい」を新造帆船三井丸で送り出した鹽屋には大勢の人々が集まり、この日ばかりは好きなだけ酒を飲み、馳走を食べた。

酒蔵樽屋の蔵人、山太郎は宴どころではなく気がかりに悩まされていた。

新酒番船の姿が西宮浦からいなくなり、大勢の関係者や見物人が浜から消えても弟の海次はどこにも姿を現さなかった。もはや丹波杜氏の頭司にして親父の長五郎にこのことを黙っているわけにはいかなかった。ところが親子二人だけになる折がなかなか見つけられなくて、お練りが済んで宴に移る間に親父にそのことを告げた。

「なにっ、海次がいないてか」

「昨夜、三井丸に招かれたことを親父も承知やな」

「おお、わしが許した」

「三井丸の炊きの半六さんに尋ねたら、五つ時分、三井丸の宴は済んで、海次は三井丸から浜に戻ったそうや」

「樽屋の蔵人宿に戻ってこなかったんか」

「わしは海次のことが気がかりやったから、蔵人宿と浜をなんども往来して探した。せやけど、海次の姿はどこにもないんや」

山太郎の話を聞いた親父が黙り込んで考えた。そして、口を開いて、

「気がかりとはなんや」

「数日後にわしらは丹波篠山に戻るな。海次は篠山に帰るのが嫌なんやないか」

「篠山に帰るのが嫌やて、なんでや」

こんどは山太郎が沈黙し、

「話をしてみい、山太郎」

と長五郎が命じた。

「親父、わしは篠山に戻ったら小雪と祝言する」

「おう、前から決まっとることや。それがどないしたんや」

「海次は小雪と幼い折からの幼なじみや。わしが小雪と祝言するのを見るのはつらいんとちゃうやろか」

「海次はおまえら二人が所帯を持つことに反対したんか」

「いや、逆《さか》らってはないで。せやけど」

と山太郎は途中で口を噤《つぐ》んだ。

長五郎が顎《あご》で胸のうちを吐き出せと命じた。

「海次と小雪の二人は、ゆくゆくは所帯を持ちたいて考えてたんやないやろうか。せやけど、海次は蔵人見習の半人前や、小雪に正直に胸のうちを言い切らんかったんと違うか」

長五郎は、嫡子《ちやくし》の山太郎の言うことをようよう得心《とくしん》した顔付きで聞き、長いこと沈思した。そして、ゆっくりと口を開き、

「河原町の旅籠たんば屋とうちの両家で、仲人《なこうど》まで立てて決めた話や。今さら海次がなにを言い出してもどうにもならへん」

と漏らした親父が、

「山太郎、どないなことがあっても、おまえは小雪と祝言せなあかん。それが篠山生まれの人間のとる途《みち》や」

と言い切った。

「わしもその理屈はとくと承知しとる。せやけど、なんで海次の気持ちを察せなかったかと悔やんどる」

「山太郎、そのことをわし以外のもんの前で口にしたらあかん」

と長五郎は険しい顔で命じ、山太郎も頷いた。

「待て」

と長五郎が言い、親子の間にしばし間《ま》があった。

「小雪と会うために、海次はわしらより先に篠山城下に戻ったというんか」

長五郎が問うたが、山太郎は首を横に振ってその問いを否定した。

「海次はどこへ行ってもうたんや」

「分からへん」

と山太郎は内心に湧《わ》き上がる不安を打ち消して答えた。

「どうにもならへんわ」

と呟いた長五郎が、

「山太郎、なにを考えとるんや」

また沈黙が二人の間にあった。が、山太郎が口を開いた。

「海次は兄のわしに遠慮して小雪をわしに譲《ゆず》ったんや。小雪も本心はわしより海次と所帯を持ちたかったに相違ない」

と山太郎は繰り返した。

「今さら言うてもどうにもならへん、山太郎、もうそのことは口にするな」

「親父、わし、みなより一足先に篠山に戻ったらあかんか」

山太郎が父親に願った。

「山太郎、おまえはわしのあとを継いで樽屋の五代目の頭司になる身や。長年世話になっとる酒蔵の樽屋松太夫様やご一統《いっとう》様に欠礼《けつれい》はできへん。まして今ごろは三井丸が惣一番になるために命を張って、外海に向かって突っ走っとる刻限や。そんな折、跡継ぎと弟の兄弟二人が宴の場に出もせず、篠山に戻りましたと、松太夫の旦那に言えるもんか」

ふだんは訥々《とつとつ》とした口調で短い言葉しか発せぬ長五郎が嫡男の山太郎に丹波杜氏の置かれた立場を懇々《こんこん》と告げた。

「わしが西宮郷に残ったとして、海次のことは松太夫の旦那にどう話す」

「海次は次男や、五代目の頭司になるおまえとは立場が違う。なんとでも説明がつくわ」

と長五郎が言い切った。

もはや山太郎もなにも言えなかった。


同じ日のほぼ同じ刻限。

篠山城下の旅籠たんば屋に一通の文《ふみ》が届いた。偶然にも玄関前の掃《は》き掃除をしていた小雪が、

「ご苦労やね」

と受け取り、飛脚屋が渡してくれた文にあった字を見て、どきりとした。

だれが認《したた》めた字か、すぐに分かったからだ。

丹波杜氏の頭司四代目の長男の山太郎の字は几帳面《きちょうめん》な細かな字だった。だが、弟の海次のほうは豪快奔放《ほんぽう》な字を書いた。

百日稼ぎに出る蔵人の大半は読み書きができなかった。だが、丹波杜氏頭司の家では生まれてきた兄弟二人ともに幼いころから読み書きを習わせた。ゆえに山太郎も海次も一応読み書きができた。兄と弟では、気性の違いがそのまま書体に表れていた。

小雪はこれまで百日稼ぎに行った山太郎から幾通か文をもらった。だが、海次が文をくれたことはなかった。その海次が小雪に文をくれた。

(なにが起こったんやろ)

小雪は夕《ゆう》べ父親が常連の泊まり客と話していた問答を思い出していた。

旅籠の囲炉裏端《いろりばた》で客は酒を飲みながら、

「親父さん、明日は新酒番船が江戸に向かう日やな」

「おお、そうやったな。となると十日もせえへんうちに杜氏の長五郎さん一統が篠山に戻ってきなさる」

「祝言の仕度もあるからな、嫁入りはもうすぐやろう」

「長五郎さんも、新酒番船の惣一番の吉報《きっぽう》を受けたら、すぐ戻るつもりやろ。惣一番になったら、祝言がにぎやかになるな」

丹波では女子《おなご》でも百日稼ぎや新酒番船のことは承知していた。

(十日もせんうちに戻ってくる海次がなぜ文をくれたんやろ)

小雪は店に声をかけてちょっと出てくると伝えると、路地《ろじ》伝いに篠山川の土手に出た。

年明けとはいえ篠山城下を囲むような山並みには雪がたっぷりと残って、陽射しを受けてきらきらと輝いていた。

土手道に腰を下ろした小雪は海次からの文を開いた。表は、

「丹波篠山河原町旅籠たんばや
小雪様」

となっていたが差出人の名はなかった。

「小雪
おれがそなたに宛《あ》てて出す最初で最後の文や。おれはもはや篠山には戻らん。蔵人見習も西宮に再び戻った折に辞す。

小雪、兄さんと幸せな所帯を持て。

小雪が兄さんと祝言を挙げる祝いの座敷におれは座っとることがでけへん。小雪を義姉《ねえ》さんと呼ぶことがでけへん。

西宮郷の酒蔵樽屋の番頭さんに、五代目の兄さんの手助けをしろと命じられた。丹波杜氏頭司の家に生まれた次男の役目やろう。さりながら、おれは酒造りの蔵人にはなれへん。

この件は小雪が兄さんと祝言することとは関わりない。

おれは酒造りに向いとらん。おれの名のとおり海が好きや、海にかかわる仕事がしたい。この文が小雪の眼に触れるころ、おれは新酒番船に密かに乗り組む。だれの許しを得たわけやない、ゆえに見つかった折、海に放り込まれても致し方ない、覚悟をしての行いや。

小雪、この文を読んだら燃やしてくれぬか。決して他言《たごん》はせえへんといてくれ。

もう一度いう。

兄さんと幸せになれ。


海次」


とあった。

小雪の口から、

「海次のだぼ、だぼだぼだぼだぼ」

と大声が発されて、篠山川の流れにかかる橋を渡っていった。

お城が見えた。

二人で初めて見た影絵芝居の狐の親子が異郷の地を彷徨《さまよ》っている姿が浮かんだ。

(どこに行くん)

小雪は胸の中で叫んでいた。


三井丸の海次は、船上で初めての夕暮れを迎えようとしていた。西に阿波《あわ》、東側に紀伊国の日ノ御埼《ひのみさき》の陸影《りくえい》が望遠できた。だが、初めて海に出た海次にはどこがどこだか分からない。

主帆柱からするすると下りてきた海次を見て、沖船頭の辰五郎が、

「オヤジ、おまえさんの下でこやつに見習をさせえ。船に酔うたなど抜かした折は、海に放り込め。骸《むくろ》はサメが始末してくれるわ」

と水夫頭の弥曽次に命じ、

「疾風の、こやつが真の船乗りかどうか、帆柱に上がったくらいでは見当もつかんわ。えぇで、わしがこやつの真骨頂《しんこっちょう》を確かめてみようか」

と弥曽次が受け入れ、海次を見た。

「オヤジさん、おれはなにをすればええやろ」

と訊く海次を、三井丸で最年長の水夫頭がじいっと睨んで、

「最後にめしを食ったのは夕べか」

と尋ねた。

「へえ」

「腹は空《す》いとらんか」

「ぺこぺこや」

「なら半六に残りめしを食わせてもらえ。仕事はそれからや」

と弥曽次は海次を炊き場に追いやった。

石造りのかまどは主甲板の階段下にあった。海次はもはや船倉の配置は樽積みでほぼ承知していた。

「半六さん、残りめしを食わせてくれへんか、オヤジさんの許しがあってのことや」

「冷《ひ》や飯《めし》に味噌汁、昼のサバの煮つけの残りやけどそれでええか」

「馳走やな、酒を飲んで眠り込んだら腹が空いた」

半六がにやりと笑い、たちまち丼《どんぶり》めしと菜《おかず》と汁を仕度してくれた。

「馳走になります」

合掌《がっしょう》した海次は、丼めしを掻き食らい始めた。たちまち一杯目が胃の腑《ふ》に消えて、空

になった丼を半六に突き出した。

「ほう、大食らいやな、おまえ、いくつや」

「十八や」

「食いたいだけ食うてみい」

半六がなんとなく魂胆のありそうな言い方で二杯目を大もりに装《よそ》った。

「酒造りより船乗りがええんか」

「おりゃ、名のとおり海が好きや」

「そんな軽口もいまのうちやで」

半六と問答を交わしながら二杯目も食し終えた。

「めしが丼半分ほど釜《かま》に残っとるが食うか。大根《だいこん》漬《づ》けで茶づけにしたらどないや」

「食う」

「後悔するんやないで、腹も身のうちや」

残りめしまで勧《すす》めた半六が魂胆ありげな顔で言った。

海次は十六人の昼餉の残りめしと菜をすべて平《たい》らげた。主甲板に戻ると弥曽次が、

「腹ができたか」

「オヤジさん、馳走になりました。仕事をさせてください」

「海次、いきなり仕事ができるもんか。改めて水夫の仕事を教えてやる、一度しか説明はせえへんで」

「へえ」

と海次が応じたところに炊きの半六が姿を見せた。

「オヤジ、こやつ、大食らいやで。丼めしを三杯食って食い足りぬ顔をしとる」

「ほうほう、三杯な。あとで応《こた》えへんか」

「まず並みの人間なら応えような。さて、海次は大力や、轆轤回しにちょうどええ。四爪《よつめ》碇《いかり》を扱わせるか」

二千石級の帆船は主屋形《おもやかた》に固定された轆轤で帆の上げ下げをし、重い四爪碇を水中に下ろす。どちらも力仕事だ。

「二つとも慣れた水夫のする仕事やな。まずは外海に出た折にアカ間に溜まった水をすっぽんでくみ上げる仕事をさせてみい」

「すっぽんか。だれでもできる根気仕事やな」

「三杯めしを平らげた見習がどこまで耐えられるかやな。よし、まずすっぽんの仕組みをこやつに教えるで」

弥曽次と半六の会話の中身は、海次には全く理解がつかなかった。

「おお、別の樽廻船が三井丸を抜いていく」

海次は、江戸の廻船問屋から一隻だけ参加を許された武蔵丸が、三井丸の右舷を追い抜いていく姿を視界に捉えていた。

だが、沖船頭の辰五郎も楫取の梅之助も平然としたもので見向きもしない。

「海次、わしに従わんかい」

弥曽次は主帆柱の後ろに設置された鉄製のポンプを指した。

和製の弁才船のものは木製だが、長崎で買い求めた異国船の水汲みポンプ、日本の船乗りがすっぽんと呼ぶ道具は鉄製だった。

「海次、われが昨晩世話になったアカ間は外海に出て海が荒れるとアカ、水が溜まる。そいつを汲み上げて舷側から海に流す仕組みや。弁才船のより性能がええし、頑丈やで。今は必要ないけどな、まだアカは溜まっとらんからな」

と水夫頭は新入りの海次にすっぽんだけでなく、帆上げや縮帆の動きを始め、もろもろを懇切《こんせつ》に教えてくれた。どれも力仕事の上に危険が伴《ともな》うことが海次にも分かった。

そして、三刻（約六時間）後、阿波と紀伊の間の瀬戸を抜けた三井丸の操舵場から沖船頭辰五郎の声が波と風に抗《こう》して響き渡った。

「外海に出たわ、これからが勝負やで」

海次は三井丸の前を行く数隻の新酒番船の姿を、もはや宵闇《よいやみ》の中で捉えることができなかった。

海が荒れていた。

波が立ち、風が吹きつけていた。

三井丸がようやく目覚めたようだと、密航人の海次は思った。

三

三井丸が外海に出ると、前帆柱の帆桁《ほげた》が轆轤で上げられ、前帆が拡げられて風をはらんだ。同時に艫帆、さらにヤリ出しが利用され、二枚の弥帆が改めてしっかりと張られた。

和洋折衷の新造帆船三井丸は、熊野灘を前にして敢然《かんぜん》と南進していった。

外海が本性を見せたと同時に肥前長崎で建造された三井丸もまたその秘めていた力を発揮し始めたのが海次には分かった。

海次はオヤジの弥曽次の傍らに控えて、オヤジの命じるままに動いていた。

操舵場では沖船頭の疾風の辰五郎が傍らの楫取の梅之助に次々に命を出していた。

梅之助の配下の水夫たちが舵柄《かじづか》を握って舵軸「身木《みき》」を操り、三井丸は外海の荒波を切り裂くように闇の中を疾走していた。

和洋折衷船の三井丸では舵柄も身木も通常の千石船より大きく、波が荒くなるとなかなか操舵できない。そこで身木の補強のために帯金《おびがね》が巻かれ、舵柄にはドンスと呼ばれる加《か》賀苧《がす》の細引き綱《づな》を何重にも巻いて水夫が引っ張る工夫がされていた。

波が荒く風が強くなったせいで主甲板に海水が入り込み、水密性の床を洗っていく。船乗りたちは沖船頭以下、波と風に濡れていた。もはや陸地《おか》の灯りは見えず、素人の海次にも沖乗り航海をしていることが分かった。

主船倉から主甲板に上がってきた水夫の光芳《みつよし》がオヤジに何事か叫んで告げた。

「よし」

と応じた弥曽次が海次を主帆柱の背後にあるすっぽんに連れていった。三井丸の主甲板には何か所かに異国製のランタンが固定されて、その灯りですっぽんが見えた。

「船底に海水《アカ》が溜まってきたそうや。海次、すっぽんの柄《え》を持ってアカを汲み出すんや。できるな」

と尋ねた。

「大して難しい仕事やない、やれるで、オヤジ」

弥曽次がランタンの灯りで海次の顔を確かめた。

「ふーん、三杯めしを食った割に気分は悪くないようやな」

「めしを食って気分が悪くなるもんか」

と海次が問い返した。

「おまえの名がええんかもしれへんな。最初《はな》から海にも船にも慣れる奴は珍しい。大方の者は船酔いに悩まされて、この程度の波でも食ったものを吐き散らし、寝込んじまってよ、仕事どころやないんや」

「ふーん、半六さんが、おれが丼めしを食うんを面白がっていたのはそのせいか」

「おう、そういうことや。せやけどな、海次、熊野灘も遠州灘も荒れる折はこんなもんやない。その折、泣き言をぬかすんやないで」

「オヤジ、おりゃ、食っためしは吐かん、寝込むなんてありえへんわ」

「楽しみにしとけ」

と言った水夫頭は、

「ええか、アカが溜まれば船足が落ちる。おまえには分かるまいがアカを海に汲み出す仕事は地味やが大事や。おまえにできる仕事はただ今のところこれくらいや、新入り」

水夫頭の弥曽次が初めて海次を船乗りの仲間として認めたような口調で、新入りと呼んでくれた。

「分かった」

「よし、すっぽんを一晩じゅう押し続けてみい。そのうち熊野灘名物の高波を食ろうて全身ずぶ濡れになろうで」

「春の季節の海水や、気持ちええわ」

と応じた海次は、

「夜明けには三井丸はどこを走っとるんか」

「さあてなあ、そいつばかりは沖船頭にしか分からへん。けど、十五隻の新酒番船の中でいちばん沖合を走っとることだけは確かや」

「陸地《おか》から一番遠いてか」

「おお」

と返事をした弥曽次が、

「海次、船がどんなに傾《かたむ》こうと揺れようと、決してすっぽんの柄から手を離すんやないで、海に投げ出されたらおまえの骸《むくろ》はサメの餌食《えじき》や。沖船頭の腕を信じろ、仲間を信じろ。それができれば怖いもんはない」

と告げた。

「決してすっぽんの柄を離さん」

海次は三井丸がどの船よりも沖合を走っていると聞いて初めて不安を感じた。だが、同時にそんな新酒番船に乗り込んでいることが誇《ほこ》らしかった。

海次はすっぽんの鉄の柄を上下に動かし始めた。最初、軽く動いていたすっぽんの柄が急に重くなった。アカを汲み出し始めたからだろう。異国製のすっぽんが、どういう仕組みで船外にアカを流しているのか分からなかったが、腕の感触からはたしかにアカを汲み上げて船外に排水していることの理解がついた。

夜が更《ふ》けるとともにさらに波も風も強くなった。

頭上では広く大きな二枚の縦帆がばたばたと音を立てて風を拾っているのが分かった。

風に抗してオヤジの声が艫から聞こえた。

「疾風の、新入りめ、今のところ船酔いはしとらんで」

「オヤジ、いつまでもつかなあ」

風と波音の間から沖船頭疾風の辰五郎の笑いを含んだ声が聞こえてきた。

「海の怖さを知るのはこれからや」

オヤジの返事が聞こえ、辰五郎から、

「楫取、南東に転進せえ」

と声がかかると、

「おう、承知」

と操舵場に控える楫取の梅之助が返答し、轆轤と滑車に助けられて身木が動き、三井丸は転進を始めた。

海次は、ぐいっと体を持ち上げられて虚空に飛ばされそうになった。すっぽんの柄を両手でしっかりと握り、波に揉《も》みしだかれて左右前後に揺れる甲板を両足で踏みしめているせいで、なんとか夜の海に持っていかれることから免《まぬが》れた。

(海はなかなか荒々しいで)

海次は己に気合を入れ直した。

炊きの半六が平然とした足取りで竹籠を片手に姿を見せた。

「気分はどうや」

「上々や」

「船酔いはしてへんか」

「船酔いとはどないな具合や、酒を飲んだあとの気分か」

「酒の酔いの百倍も船酔いは苦しいで。船酔いがひどくなると荒れる波間に飛び込んで自ら命を絶つ新入りの水夫もおるわ」

「ふーん、おれは酒酔いのほうが気分は悪かったな」

「丹波杜氏の蔵人見習はガキやな。握りめしを食う元気はあるか」

「おお、食うてもええ。すっぽんを操りながらな」

「あたりまえや、新酒番船の水夫は仕事しながらめしが食えんうちは半人前やで。沖に出たら、炊き立てのめしや味噌汁は食われへんからな、当分、握りめしで我慢せえ」

「食えるだけでもありがてえ」

半六が竹籠から二つ握りめしを出して海次に渡した。

「一晩じゅう働いて握りめし二つか。もう一つもらえんか」

「食いけが落ちとらんか」

と半六がもう一つくれた。

海次は二つを懐に入れ、一つ目を片手ですっぽんを操りながら食い始めた。

三井丸に当たる風が変わった。

船尾の方角から風を受け、追い風に乗って三井丸は帆走していた。

オヤジが弥帆を下ろさせた。

この追い風走りを船乗りは、

「真艫《まとも》走り」

と呼んだ。この場合、二枚の本帆にさえぎられて用をなさないために弥帆が下ろされた。

海次はすっぽんを片手で操りながら二つ目の握りめしを食った。めしの中に梅干しが入れられているのがなんとも美味だった。三つ目を食べようかと思ったが、まだ夜明けまでには刻限があることを思い出し、懐にとっておくことにした。それにしても昨夜、アカ間で熟睡したのがよかった。

船が走っている間は沖船頭以下水夫、そして、飛び入りの海次にいたるまでまともに寝る暇などないことを承知した。三井丸の水夫の控え間にも四斗樽が積まれていた。水夫ノ間を使う要がないことを男たちは承知していた。その代わり、三井丸の主甲板には荷が積まれていなかった。船倉にきっちりと収められた「神いわい」のお陰で三井丸は安定した帆走を続けていた。

持ち場持ち場で眠気に抗しきれなくなった水夫は立ったまま数瞬の眠りをむさぼった。だが、海次は未だそんな芸は身につけていなかった。

また風が変わった。

横風だ。

この風をひらきといい、この風を受けて進むことをひらき走りといった。それも右舷側の斜め後ろから吹く「オキカタ（沖方）」だ。右舷と左舷では呼び名が異なり、左舷から吹く横風をイソヤマ（磯山）ひらき、右舷から受ける風をオキカタひらきと呼んだ。この風を受けると、船が傾くために楫取と帆手《ほて》が風具合によって船の傾きを微妙に直した。

梅之助や弥曽次が、沖船頭の辰五郎の命を受けながら細かく三井丸を操るのを見ながら海次は、

「海は、船はすごいで」

と感動していた。

ともかく三井丸がどこをどう走っているのか海次には分からなかった。沖船頭や楫取はどうやって船の位置を知り、どちらに向かって船を進めるのか、それをどう決めるのか全く予想もできなかった。ただ感じられたことは、

(おれは蔵人より親父の造った「神いわい」を運ぶ仕事が好きだ)

ということだった。

(さあ、風よ、吹け。波よ、来い。三井丸を江戸へと進めよ)

と念じながら、すっぽんの柄を押し続けた。

「どないや、すっぽんを操るコツが分かったか」

いつの間にかオヤジが海次の傍らに立っていた。

「おおー、船が傾いた折はアカが船底に溜まるようやな、すっぽんの柄が重いわ」

「一晩でそれだけ覚えたんか、上出来や」

弥曽次は新入りが船酔いもせず年季の入った水夫らと同じように働いていることに感心していた。だが、そのことを口にすることはなかった。

「オヤジ、おれはすっぽんの柄の上げ下げしかしてへん。三井丸がどこの海をどれほどの速さで走っとるかも知らへん」

「海次、弁才船はな、一昼夜に三十五里《り》（約百三十八キロメートル）を走るとき上分ノ風に乗ったという。中分ノ風だと二十五里（約九十八キロメートル）、下分ノ風でせいぜい十八里（約七十一キロメートル）やな。ただいまの三井丸は、一昼夜で中分ノ風と下分ノ風の間、二十一、二里（約八十三〜八十六キロメートル）やろなあ」

「うむ、この速さで一日二十一、二里か」

「異国の帆船は、和船の倍以上の船足で走りよるわ。上分ノ風の折は、一昼夜で百里（約三百九十三キロメートル）は一気走りしよる」

「オヤジ、異国の船を見たことがあるんか」

弥曽次は、問答をしながらも海次がすっぽんの手を休めておらぬことを見ていた。

（こやつ、二、三年もしたらなかなかの船乗りになるかもしれへん、拾いもんや）

と胸の中で思った。

「この三井丸はな、摂津の伝法村で造られたんと違う。格別に肥前長崎の造船場で造られた船や。沖船頭の辰五郎さん、楫取の梅之助とわしの三人は肥前に何月も滞在して三井丸の最後の普請を見とった。いや、注文をつけたり、直《じか》に船造りを手伝ったりした。いわば、わしらの子どもがこの三井丸や。蔵人見習、おまえは肥前長崎が異国のオランダと唐人《とうじん》の国に開かれた地やいうことを承知か」

「いや、知らへん。肥前長崎は遠いんか」

「おお、西宮浦から船で三、四日はかかるな。その湊に異国船が泊まって公儀《こうぎ》と交易《こうえき》をしとるんや。和船のええところと異国帆船のええところを合わせた長崎の船がこの三井丸や」

「ならば、三井丸は異国の船よりも速いんやなあ」

「海次、おまえはなにも知らんな。異国の帆船は三本帆柱に何十枚もの帆を張って、半年も大海原を走ることができるほど大きい。大筒《おおづつ》も何十門《もん》も積んどる。カピタンと呼ばれる船頭以下、何百人もの男たちが乗り組んどるわ。異国の帆船と三井丸とは比べ物にならへん、大人と赤子以上の違いがあるわ」

と弥曽次が言った。

海次は驚いた。三井丸は異国の帆船に比べて赤子だという、その船には何百人もが乗り組んで半年も航海するという。想像もできなかった。

「オヤジ、肥前長崎に行けば異国の船が見られるんか」

「おお、オランダ帆船も唐人船も見られるやろうな」

「肥前長崎か、天竺にも行けるかなあ」

と呟いた海次が吐息をつき、

「海次、おまえ、なんの考えがあってこの三井丸に潜んでいたんか、わしにはよう分からん。曰くがあるんか」

と弥曽次が話柄《わへい》を変えた。

「オヤジ、おれにも分からん。ただな、山ん中の篠山には戻りたくないと思っただけや」

「なんでや」

弥曽次の問いに海次が考え込んだ。海次の沈黙に迷いがあることを弥曽次は察していた。

「オヤジ、おれは昨日から幾たびも言うたな、三井丸に乗り組んで親父が造った『神いわい』が江戸に運ばれて、江戸で売られるのを見てみたいと思うたんや」

「海次、そりゃ、とってつけた理屈やな。おまえの本心ではあるまい」

弥曽次の言葉に海次は反論できなかった。

「海次、十八と言うたな」

海次は首肯《しゅこう》し、

「兄さんは、五代目の丹波杜氏頭司になるんやな」

とオヤジが念押しした。

「ああ、なる」

「おまえは蔵人には向いとらんと言うたな。海が好きや言うたな。一晩、波風に打たれてどうだ」

「おもろい」

と即答した海次に、

「本心から海と関わりがある仕事がしてみたいと思うんか」

と弥曽次が質した。

海次はすっぽんの柄を動かしながら考えた。そして、答えていた。

「ああ、してみたい」

「せやけど、海も船もなにも知らんな」

「ああ、知らん。なにをしてええか、おれには考えもつかへん」

「最前の長崎の話はどないや」

「肥前長崎か、見てみたい」

「この三井丸で三年ほど辛抱できるか。辛抱できるなら、わしが廻船問屋の鹽屋の旦那井三郎様にも酒蔵の樽屋松太夫の旦那にも、おお、そうや、沖船頭の辰五郎さんにも、おまえの親父にも頭を下げて願うてやろうか。どうや、約束できるか」

「できる、三井丸で三年働くで」

「よし」

と弥曽次が答えたとき、

「オヤジ、風が変わったで」

との楫取の梅之助の緊張した声が船上に響き渡った。

荒れた波間の向こう、東の空がわずかに白《しら》んできた。すると夜通し波に打たれた三井丸の姿が海次の目に留まった。西宮浦で停泊していたときより、さらに精悍な船魂に変じていた。

(三井丸め、たよりになるで)

と海次は感じ入った。

四

「東風《コチ》に変わったか、間切《まぎ》りやな」

弥曽次が操舵場の疾風の辰五郎を見た。

致し方あるまいと沖船頭が無言のうちに大きく頷いて楫取とオヤジに無言で命じた。二枚の本帆の縦帆の角度を変えつつ、東風に向かって斜めに航海する帆走、間切りで三井丸は進むことになった。

老練な水夫たちがそのための配置に就いた。

「オヤジ、おれがすることはないやろか」

忙しく立ち回る水夫らの動きに合わせられない海次が訊いた。

「われ、遠目が利くか」

と弥曽次が訊いた。

「おお、本業は杣《そま》やで、山暮らしで眼と耳だけは悪くない」

三井丸は東風と高波に翻弄《ほんろう》されつつ斜行《しゃこう》しながら進んでいた。

弥曽次は改めて波と風を確かめ、

「これ以上波と風が強くなると沖乗りは難しゅうなる」

と海次に言った。

「どうするんや」

「ふつうは風待湊に、そうやなあ、この先の海域だと勝浦《かつうら》辺りに避難することになるな」

「三井丸は新酒を江戸に一刻も早く届ける樽廻船やな、湊に入ったら他の樽廻船に先を越されるで」

「うちが湊に入るときは他の船もぜんぶ風待湊に避難しとるわ。今のところは沖合を間切りで走る」

「うちは、三井丸は何番手か分かるんか」

「四、五番手やろう。この高波と風はうちに悪くはない」

と最前とは反対の言葉を発した弥曽次が、

「蟬に登ってみい」

と命じた。

海次はすでに和船で蟬と呼ばれるところが帆柱の頂であることを承知していた。和船の蟬には帆を上げ下げするための滑車がついているが、和洋折衷の三井丸に主帆柱や前帆柱はあっても、滑車はない。固定式の帆柱の頂を蟬と呼んでいた。

「他の樽廻船の位置を確かめるんか」

「紀州大島《おおしま》を回り込んで熊野灘に入るころやから、この一日が勝負やで。豆州下田《ずしゅうしもだ》まで一気に走りたいが、この風や。岸辺に寄りたくはない。蟬に上がって、沖やなくて、陸地《おか》を見てみい、日和山《ひよりやま》にも寄れたらええんやけどな」

「日和山とはなんや」

「日和山は津々浦々《つつうらうら》に百ほどある。日和山は風待湊近くにあって、土地の古老《ころう》は潮の流れ、風、波のことをよう承知や。ゆえに船乗りにとって日和山は命綱《いのちづな》や」

「分かった」

「いや、まだ分かってへん。ええか、わしらは沖乗りで下田に向かう。天気が変わるのは西からや。ゆえに下田に早く着くには日和山の古老に天気を訊くのが一番や」

「やはり三井丸を風待湊に入れるんか」

「いや、うちは湊にはつけん。日和山は諦めるしかあらへん。もっと沖に出たいが風向きが悪い。なんとしても沖船頭の辰五郎さんは陸地との間合いをとりながら熊野灘に突っ込みたいはずや、楫取もな。われは風具合と陸地を蟬の上から見とれ」

「分かった」

と応じた海次は使い慣れた麻縄を腰から外して主帆柱に巻き、船の揺れの間合いを見ながらするすると登り始めた。

オヤジの弥曽次が新入りの海次が船酔いもせず、三井丸の高い主帆柱の蟬に上がる様子を満足げに見つめた。

海次は蟬を両足で挟み込んで帆桁に腰を落ち着け、麻縄で蟬に自分を縛りつけた。身の安全を確保しておいて陸地と思《おぼ》しき方向を見た。早朝の光が三井丸を浮かばせていたが、高波のしぶきと靄《もや》が海面を覆《おお》い、日和山どころか陸地はなにも見えなかった。

「オヤジ、陸は見えへん」

「眼がええと言うたな、しっかり見とれ。さすれば段々と眼が慣れてくるわ」

「へえ、合点《がってん》だ」

と返事をした海次は、陸地の方角から三井丸が間切り航海する先に視線をやった。すると新酒番船と思しき一隻の樽廻船が三井丸のかなり先を間切りしながら進んでいた。

「オヤジ、三井丸の前に番船が走っとるで。あいつを追い抜かせんのか」

「蔵人見習が沖船頭を務めるつもりか、われは陸地との間合いを見とれ」

「へえ」

と返事をした海次の前で三井丸の先を行く樽廻船が波間に没《ぼっ》するように姿を消した。海次は波間から浮き上がってくるのを待った。だが、船は姿を現さなかった。

「ああ、オヤジ、先をいく船が波間に呑み込まれるように消えたで」

と叫びながら海次はオヤジの命を思い出し、陸地の方向を見た。うっすらと波間の向こうに陸影《りくえい》が見えたような気がした。

「オヤジ、陸が見えたかもしれへん。かなり遠いけど」

「よし、よう見とれ」

と応じた弥曽次が操舵場に向かって揺れる甲板を歩いていった。

「オヤジ、新入りめ、一人前の口を叩きおるな」

二人の問答を聞いていた疾風の辰五郎の言葉に弥曽次が笑った。

「疾風の、半人前め、蟬に上がって海を楽しんどりますわ」

沖船頭もオヤジも新入りが船酔いもせず、荒れる海面から五十尺以上もある主帆柱の上、蟬に跨《またが》って一人前の言葉を吐くことに驚きを禁じえなかった。

新酒番船は沿岸《えんがん》に沿《そ》って走る地廻りではなく、陸地の目印を頼らない沖乗り航海が多くなる。

内陸の丹波篠山に生まれ育った蔵人見習が初めて沖乗りの新酒番船に乗って平然と蟬に上がって見張りをなすなど、長い船乗り稼業《かぎょう》の二人も初めての経験だった。

「オヤジ、拾いもんかもしれへんで」

「疾風の、その言葉、品川沖に惣一番で着いた折に聞きたいもんや」

「おお、そう願いたいなあ」

沖に向かって間切りしていた三井丸の舳先から楫取の梅之助が、

「沖船頭、陸向けの間切りに変えてええか」

と許しを乞うた。

「おお、間切りを陸向けに変えい」

と沖船頭が応じて三井丸が高波の中で進路を変える作業に入った。

前帆柱と主帆柱の帆の両端に結ばれた手縄が引かれ、本帆と前帆の角度が変わった。

さらに海が荒れてきた。

蟬の上で主帆柱に足を絡めて見張りを務める海次は初めて胸がむかむかする気分を感じた。だが、

(船酔いなどしてたまるか)

と己に言い聞かせた。

波と風具合がまた変わった。南東《オシアナ》だ。

舳先から見張りをしていた楫方が、

「熊野灘に入ったで」

と叫んで操舵場に知らせた。

その声が蟬を両足で抱え込んで帆桁に跨る海次にも聞こえた。

刻限は昼前か。

最前まで微《かす》かに見えていた陸影も消えていた。

山太郎は酒造りに使った大きな木桶《きおけ》を丁寧に洗って日陰干しにする作業をなしていた。そうしながら、弟の海次が丹波篠山に戻っているのではないかという推量についてまた考えていた。もし篠山に戻っているとしたら、小雪に会いたいゆえだろう。ということは、海次は幼なじみの小雪への想いを断ち切れずにいるのではないか。

「おい、山太郎さんよ、海次の姿が見えんな」

蔵人頭の竹三が不意に姿を見せて山太郎に質し、

「おお、親父の遣いで京に出とるわ」

と虚言《きよげん》を弄《ろう》した。

「京やて、なんの用事や」

「わしは知らんな。親父の言いつけや、倅のおれにもなにも言わん」

ふーん、と鼻で返事をした竹三が、

「山太郎さんと小雪の祝言の品を求めに行ったんかなあ」

「わしらの祝言の品やって。ならばわしに言おうが」

「おかしい」

と竹三が山太郎の顔を見た。

「なにがおかしい」

「小雪は海次と仲がよかったな、二人が所帯を持つんなら話は通る。せやけど、兄さんのおまえさんと祝言するて。ようも海次が得心したな」

「海次は未だ若い、蔵人見習では所帯も持てへんやろ。それに二人は兄妹のようにして育ったんや。竹三さん、わしと小雪が夫婦になることがそんなにおかしいか」

山太郎の反問に竹三がしばし黙り込んだ。

「京に遣いに行くなら行くで、新酒番船の出を見て出かけてもええやん。樽廻船十五隻が出ていった折には、海次の姿はなかったで」

竹三はつねに山太郎、海次兄弟の動静を観察していた。ゆえに竹三がなにか海次の行動を承知していたとしても不思議ではなかった。

「親父に用事を命じられたんや。竹三さんは弟の仕事がそれほど気になるんか」

山太郎がまた竹三に問い返した。

「海次は蔵人に向いとらんのやないか」

「酒造りを手抜きしている言うんか。そんな証があるんやったら、頭司の親父が注意するやろ、言うてくれへんか」

「そんなわけやないが、あやつ、己の兄さんが頭司の五代目になるのを嫌がっとるんやないか」

「そんな話は知らんな。わしら、兄と弟はなんでも話し合う間柄や。今朝がたも酒蔵の主に四代目の跡継ぎは兄のわしやが、弟の海次はその補佐方《ほさかた》やからな、と命じられたばかりや。四代目の長五郎親父の前でな」

「なに、樽屋の松太夫の旦那がそんなことを言ったんか」

竹三の反問に山太郎は首肯した。おもしろくないと表情に見せた竹三がまた、ふーんと鼻を鳴らして、

「外海は荒れとると浦に入った船の船頭から聞いたわ。今年の新酒番船はえらい難儀《なんぎ》やで」

と言い残して姿を消した。

竹三はなにを企《くわだ》てているのか。丹波杜氏の蔵人の中で最年長の竹三の扱いは、親父が隠居《いんきょ》したあと、厄介《やっかい》になるなと山太郎は考えた。考えながら再び木桶洗いを始めた山太郎の前にこんどは親父の長五郎が立った。

「竹三と話していたがなんぞ用事やったか」

「竹三さんな、海次がどうのこうのと、いつもの話や」

「蔵人頭と海次は気が合わんからな」

と呟いた長五郎に、

「親父、なんぞ用事か」

「いや、おまえ宛てに文や」

と懐から書状を出した。

「文やて、だれからやろ」

「披《ひら》いてみれば分かろう」

書状には宛名も差出人の名もなかった。

(まさか海次が文を寄越したか)

と思った山太郎になにか話しかけようとした親父が、

「明日には篠山に戻る」

「新酒番船の結果を待たんで篠山に戻るのはあかんて言ったやないか」

「海が荒れとる。今年の新酒番船は日にちを要するやろう。番船が品川沖に着いて早飛脚で知らされるには、かなり待たねばなるまい」

と竹三と同じ言葉を残して山太郎の傍らから蔵へと戻っていった。

山太郎は手に残された文に視線を落として海次からの文ではないと推量した。となると思いあたる人物は一人しかいなかった。

文を手に樽屋の脇門から出て西宮浦が見える丘に立ち、昨日の朝、十五隻の新酒番船が満帆に風を受けて一斉に出航していった光景を山太郎は思い出した。外海は荒れていると竹三が言ったが、今日の西宮浦は春の穏やかな陽射しを受けて静けさが戻っていた。

山太郎は文を披いた。

推測《すいそく》したとおり篠山の小雪からだった。これまで小雪が仕事先の酒蔵の樽屋に文を書き送ってきたことはなかった。それが百日稼ぎを終えて篠山に帰る間際《まぎわ》に送ってきた。

(やはり小雪はわしとの祝言は嫌だったんか)

となると、海次が新酒番船の出帆も見ずに姿を消したのは、丹波篠山に杜氏一行が戻る前になさねばならないことがあったからなのだ、と山太郎はしばし披いた文の文面に視線を落とすことなく立っていた。長い時間が経った。覚悟を決めて小雪からの文を読み始めた。

小雪の文は手短だった。それは小雪が海次からもらった文の内容を山太郎に伝える思いがけないものだった。

「なんとしたことや」

海次は丹波篠山には戻らず、蔵人修業も辞めると小雪に告げたという。またこのことは兄の山太郎と小雪の祝言とは関わりがないと記してあったという。さらに大事なことが最後に認められてあった。

海次は十五隻の新酒番船の一隻に密かに乗り込むつもりだというのだ。

しばらく頭の中では、あれこれと考えが錯綜《さくそう》して整理がつかなかった。

海次が新酒番船の一隻に潜り込んだとしたら、廻船問屋鹽屋の三井丸しかあるまいと気づいた。

そのために、海次は酒蔵樽屋の「神いわい」を鹽屋の船に積み込む樽運びを志願し、三日間働き抜いたか。その間に新造帆船の船内の構造を知ったのだろう。

海次は用意周到にこたびの江戸積みの新酒番船に乗り込むことを企てていたのか。

やはり山太郎と小雪の祝言は、海次になんらかの影響を与えていたのだと兄は確信した。

文の中にあった一条、もし海次が密かに乗り込んだ新酒番船が三井丸ならば、

「海に放り込まれても致し方ない」

との海次の危惧は当たるまいと思った。

三井丸の沖船頭以下水夫らも、海次が樽屋の丹波杜氏の頭司長五郎の次男ということを承知していたし、なにより三日間、四斗樽運びを手伝った事実があった。

丹波杜氏が造った「神いわい」の江戸の売り出しに差しさわりが生じるような行いは、三井丸の沖船頭辰五郎が命じるわけもあるまいと思った。

ただし、このことを親父にただ今告げるわけにはいかないと山太郎は思った。頭司の長五郎がこのことを知れば、当然、酒蔵樽屋、廻船問屋鹽屋の主に話さざるをえまい。新酒番船の航行最中のことだ。

できることなれば惣一番の結果を告げる江戸からの早飛脚によって、海次の所業が知らされたあとがよいと山太郎は判断した。小雪は、海次からの文で知らされたことを告げた相手は山太郎一人と、認めていた。

二人が知った海次の文の内容は、当分秘密にしておこうと山太郎は思った。それにしても、海次が遠くへ去った事実は、山太郎にも小雪にも大きな衝撃を与えた。

山太郎は文を巻き戻すと、懐に仕舞った。そして、だれもいない春の西宮浦の海をじいっと眺めた。

第三章　沖流し

一

オヤジの弥曽次は、主甲板下の上層船倉《ふなぐら》を、ランタンを手にした海次と見廻っていた。熊野灘に入り、不意に西マゼ、南西風の追い風に落ち着いた。三井丸の右船尾十五度の適風であった。

オヤジの命で蟬《せみ》から下りた海次は、濡れた衣服を、水夫《かこ》のために用意されていたさしこ着《ぎ》に着換えさせてもらった。一息ついた海次を船倉見廻りに誘ったオヤジは、

「よう頑張っとるなあ。新入りが船酔いもせえへんで働けるとは、長い船暮らしのわしにも覚えがない」

と褒めてくれた。

「船酔いにはオヤジさん方も悩まされましたんか」

「おう、これだけの波と風よ、年季の入った水夫でも気分が悪くなって当たり前や。それをおまえは平然としとる。親父さんがつけた名前がよかったんかなあ」

と弥曽次がからからと笑った。

そのとき、
みやうみゃう
と猫の鳴き声がした。

「あれ、船倉に猫が迷い込んどるか」

「迷い込んどるのではないわ。猫を三匹ほど乗せてあるんや」

「船乗りは猫好きですか」

「海次、おまえ、アカ間で一晩過ごしたはずやが、鼠《ねずみ》の鳴き声は聞いてへんか」

「眠り込んでましたからな、なにも生き物の鳴き声は」

「聞いとらんか。新酒番船に鼠が入り込み、四斗樽《しとだる》の菰《こも》なんぞをかじって悪戯《いたずら》しても困る。菰をかじられた四斗樽は売り物にならへん。そこでな、猫を船倉に飼っとるんや」

「鼠は酒好きですか」

「鼠が酒好きかどうかは知らへん。せやけど、荷に悪戯はされたくないやろう」

「三井丸は肥前長崎で造られた新造船でしたやろ、それでももう鼠が入り込んどりますか」

「おう、そのことや。長崎の湊には異国の帆船も泊まっとるからな。異人船には、女子どもも乗っとるし、鶏《とり》、山羊《やぎ》、豚《ぶた》まで飼育しとる。それで鼠が棲み着き、そやつらが建造中の三井丸に乗り移ったんかもしれへん」

「驚きましたわ。異人船には女も子どもも乗れて、鶏まで飼われていますんか」

「異人の帆船にしたら、西宮から江戸の品川沖程度の航海は船旅に入らへんやろ。異人船は、長い船旅の間、鶏に卵を産ませたりや山羊の乳を搾《しぼ》って、乗組みの者たちの飲み食いに使うんや」

「魂消《たまげ》たわ。異人にとって、江戸までの船旅なんぞは航海に入りませんのか」

「南蛮《なんばん》帆船は国許《くにもと》から長崎まで半年、一年とかけて船旅をしよるそうや。唐人船《とうじんぶね》とて、西宮から江戸までの何倍もの海路を数日で走りよる」

海次はしばし沈思して尋ねた。

「オヤジは異国に行ったことがあるんですか」

あれこれと話していれば、船酔いのむかむかも忘れることができたからだ。ともかくオヤジたちに軽い船酔いであれ、知られたくなかった。

「長崎で南蛮船や唐人船は見たし、異人に片言《かたこと》の長崎弁で話しかけられもした。だが異国を訪ねたことはないな。だいいちな、三井丸程度の大きさの和船で唐人の国まで船旅するんも難しいやろう」

「三井丸は異国に行くには小さ過ぎるんか」

海次はランタンを掲げて四斗樽が積まれた船倉を照らした。すると四斗樽の間に黒猫が眼を光らせていた。

「おお、猫がいたで。オヤジ、名はなんや」

「猫は猫や。名なんぞつけると身罷《みまか》ったとき、情が湧くやろ。三井丸の猫は鼠の見張り番や」

二人は上層船倉から主船倉への階段を下りた。すると別の二匹の猫が二人を迎えた。一匹の猫の口には鼠が咥えられていた。弥曽次が猫の口からかみ殺された鼠を取り上げた。猫が鳴いたが、弥曽次は鼠の尻尾を懐から出した細引きで結び、天井から吊るした。

「こうしとけば仲間の鼠もそう易々《やすやす》とは悪戯をせえへん」

「ほんまや、新造船の三井丸に鼠が巣くっとる」

海次は驚いた。

「三千以上もの四斗樽を三匹の猫で鼠から守るのは大変やろう。おれも時々船倉を見廻って歩くことにするわ」

弥曽次が海次の顔を見た。

「あかんか」

「おまえ、まっこと蔵人に未練はないんか」

「酒造りは性に合わん。おれは三井丸のような樽廻船で働きたい」

「親父は丹波杜氏やったな」

「幾たびも言うたな。いかにも四代目の頭司や。けどな、百日稼ぎしか酒造りは許されてへん。ふだんの折は篠山の山ん中の杣仕事や」

「酒を造り、山仕事をなす。どちらも大風にも高波にも襲われない。悪い仕事ではあらへんな。せやけど、船乗りは、野分《のわき》に遭えば船ごと沈んで溺れ死ぬわ。それでも三井丸の船乗り仕事がええんか」

弥曽次から同じような問いをかけられたのは何度目だろう。

「船乗りは男らしゅうてええ」

「それが三井丸に潜り込んだ曰くか」

オヤジと呼ばれる水夫頭の弥曽次には、三井丸に潜んでいた理由をこれまでも訊かれるたびに縷々《るる》述べてきた。だが、弥曽次はそんな釈明《しゃくめい》を信じてはいないと海次は思った。

そして、弥曽次が船倉見廻りに海次を伴ったのは、再びその理由を訊くためだと感じた。返答次第で今後のことを考えてくれるのではなかろうかとも考えた。

「オヤジ、幾たびも口にした曰くは嘘ではないで。ただ、それに付け加える話がないわけやない」

「なんや、話せるんか」

「できることなら内緒にしときたかった。百日稼ぎを終えた親父たちは近々丹波篠山に戻る」

と前置きした海次は、兄の山太郎と小雪が祝言をする経緯や小雪と自分の関わりを正直に告げた。話を聞き終えた弥曽次が、

「おまえは幼なじみの小雪さんを兄さんに譲ったんか」

とどことなく得心したように呟いた。

「オヤジ、譲ったわけやない。小雪の気持ちも考えてな、丹波杜氏の五代目になる兄さんと所帯を持ったほうが暮らしも落ち着こうと思うただけや。せやけど、オヤジ、誤解をせんといてくれへんか。おれは去年、初めて新酒番船の帆上げを見たとき、おれの仕事はこれや、と思うたことも嘘やない、本心や。これでもおれの気持ちが分かってもらえんか」

「いや、分かった。もうこれ以上、この話はおれの口から言わへん。おまえが来年も三井

丸に乗り組めるかどうかは、辰五郎沖船頭から廻船問屋の鹽屋《しおや》と酒蔵樽屋の旦那二人に報告し、その三人が話して決めることや。おまえはなんも考えんで、江戸の品川沖まで無心で働いてみぃ」

「おお、最初からそう考えとる」

と海次が言い切った。

二人が船倉を見廻り、主甲板に戻ったとき、また風が変わっていた。沖乗りにとって風と波具合は船足に直に関わってくる。

三井丸の舳先にいる楫取の梅之助のもとへ水夫連が集まり、右舷の沖合を見ていた。

「どないした」

と弥曽次が質した。

「オヤジ、樽廻船の一隻が沖流《おきなが》しに遭《お》うた」

「この程度の風と波やで」

と水夫頭の弥曽次が反論すると楫取の梅之助が、

「西宮の廻船問屋万屋《よろずや》の備後丸《びんごまる》のようや」

「なに、備後丸か。舵か帆か」

と弥曽次が質した。

「あの流され具合は両方かもしれへん。どうにもならへん」

と梅之助が応じた。

海次は二人の問答のおおよそしか理解がつかなかった。新酒番船が大海原の沖へと流されたということだけは分かった。

「もし備後丸やったら、沖船頭は安兵衛《やすべえ》じいか。生き残るかどうか、じいの知恵と運しだいやで」

と弥曽次が呟いた。そして、ふと海次を振り返り、

「今のうちにめしを食うとけ。遠州灘、相模灘と、三浦《みうら》までは飯なんぞまともに食えん」

と言い、炊《かし》き場に行けと命じた。

「へえ」

と素直に応じた海次は主甲板の階段下にある炊き場に行った。すると炊きの半六と水夫の一人の高安《こうあん》がいた。

「新入り、まだめしが食えるか」

と高安が海次に質した。

「食えます」

「感心やなあ。おれが新入りの折は何月も船酔いで、めしどころではなかったわ」

と告白すると半六が、

「おまえといっしょに前の樽廻船に乗り込んだ一平《いっぺい》は最初の船旅のあと、逃げるように船を下りたな」

と高安に言った。

「おお、一平は大男やったが、沖乗りの船の揺れに倒れたまま江戸の品川沖まで桶を抱えて寝込んどったな。おりゃ、一平のざまを見てよ、なにがなんでも船酔いに慣れるで、と思ったもんや。その点」

と海次を見て、

「おまえも大男やけど、海にも船にも慣れとるなあ。海育ちか」

と尋ねると半六が、

「高安、海次は丹波篠山の生まれや。親父はわしらが積んどる新酒の『神いわい』の酒蔵樽屋の四代目頭司や」

「なに、こやつ、丹波杜氏の倅なんか」

「次男坊や。蔵人より親父の造った酒を運ぶほうが性に合うとるそうや。ともかくや、最初から丼めしを三杯食らった新入りは見たことないわ」

と半六が感心し、炊き立ての丼めしに野菜の煮つけ、鰯汁《いわしじる》を装って、

「食え」

と差し出した。

「馳走になります」

と合掌して箸を手にした海次が、

「同じ樽廻船の備後丸が沖流しに遭うたと舳先で騒いどりましたが、沖流しに遭った船はどないなりますか」

「ああ、沖船頭安兵衛じいの船らしいな。大きさは三井丸の半分の千石足らず、造船して十四、五年もん、年季の入った樽廻船や。安兵衛じいの腕次第で生きて江戸の内海に入ることができるかどうか」

と半六が呟いた。その口調にはもはや備後丸の江戸の内海到着はあるまいという意が込められていると海次は勝手に思った。

「三井丸は新造したての上、二千石船と聞いた。うちは大丈夫やな」

海次が半六と高安のどちらともなく尋ねた。

「おい、篠山育ち、この海にしてみい、うちの三井丸も備後丸もさほど変わりあるめえ、まるで玩具《おもちゃ》の木船《きぶね》や。これ以上、海が荒れたらうちとて沖流しに遭うても、反対に陸《おか》の岩

場に叩きつけられても不思議はないで」

と高安が脅《おど》すように海次に言った。

海次は黙々と煮つけた里芋《さといも》をかてに丼めしを食い始めた。野菜の煮つけも鰯汁も美味《うま》かった。

「半六さん、船のめしはうまいな」

一杯目を瞬《また》く間に平らげた海次を高安が呆れた顔で見ていたが、

「こやつ、化け物か。まっこと山育ちなんか、ようめしを食いよるわ」

「高安、言うたろうが。この兄さんはアカ間に一晩潜んでいたあと、オヤジに見つかり、めしを食えと許された折、平然と丼めしを三杯食いおったわ」

「ありゃ、ほんとの話やったんか」

「ほんとの話や、どんな折でも食い物を差し出すと食うのはこやつくらいやで」

「驚いた」

と高安が言ったとき、

「遠州灘まであと一息やで」

と楫取の声が炊き場に聞こえてきた。

「このひと晩でどこまで走れるか、勝負やな」

と半六が言い、ご馳走様でしたと礼を述べた海次は、器を海水で洗って半六に返した。

主甲板に出たとき、刻限は七つ半（午後五時）前後かと思えた。

「海次、めしを食ったか」

「はい、食いました」

「よし、蟬に登れるか」

「へい、岸との間を見とればええんですね」

「三井丸は鳥羽《とば》の沖合を走っとるわ。もはや陸地は気にするな」

「ほんなら、おれはなにを見ればええのですか」

「沖合や、東から流れてくる漂流物《ひょうりゅうぶつ》を見とれ」

と弥曽次が遠眼鏡を差し出して、

「首にかけとれ。なんでもええ、漂流物を見たら、遠眼鏡で確かめるんや」

と使い方を教えてくれた。

海次は遠眼鏡を首にかけて、

「オヤジ、漂流物とは備後丸のもんか」

「と、決まったわけではないで。なにがあったとしてもどうにもできん。ただ、漂流物を見つけてうちの船に揚げれば、どこの船からのハネ荷か分かるやろからな」

「オヤジ、ハネ荷とはなんや」

「船が野分に遭ったとき、甲板から海に放り込んで船を安定させる積み荷のことや。それをハネ荷と呼ぶ。ハネ荷は樽廻船の船頭の最後の決断や」

弥曽次ははっきりとは口にしなかったが、安兵衛じいが沖船頭の樽廻船備後丸が積み荷の新酒を捨てる事態を想定して蟬の見張りにつけと命じているのかと海次は思った。

「分かった」

「海次、三井丸の船足がどれほどのもんか承知か」

と主帆柱《おもばしら》に麻縄を巻こうとした海次に質した。

「さあて」

と辺りを見回した海次は、

「速い船足ですなあ」

「おお、これまでで一番速い船足や、半刻（約一時間）に九海里《かいり》（約十七キロメートル）あたりやな」

「海里とは陸地の里程《りてい》と違いますんか、オヤジ」

「二海里と少しが陸の一里（約三・九キロメートル）と思ったらええ。ちゅうことは、半刻に陸路で四里半ほどの船足や。馬とまではいかんでも早飛脚の足運びで三井丸が東へと進んどるということや。これまでの艀の揺れとは違う、気いつけや」

と弥曽次が注意した。

「分かった」

と応じた海次は主帆柱の前でしばし両眼を瞑《つむ》って気を引き締めたのち、三井丸の主帆柱へと登り始めた。

二

その刻限、遠州灘の沖合を沖乗りして十五隻の樽廻船の真っ先を走る大坂の廻船問屋津國屋の所蔵船浪速丸に異変が生じていた。

船倉に積まれた長持《ながもち》の中に密航人《みっこうにん》が潜んでいるのが見つかったのだ。

主甲板に引き出されたその顔は真っ黒に墨《すみ》で汚され、暗い船倉にあった長持の中に潜んでいたという。

見つけたのは老練な水夫で、長持の中でごそごそと動く物音に、

「鼠が入り込みよったか」

と蓋《ふた》を開けて密航人を見つけたというわけだ。

どてらを着込み、手甲脚絆《てっこうきゃはん》の相手に、

「うぬは江戸にただ乗りする気か。新酒番船の密航人は、海に叩き込まれても文句は言えんことを知らへんのか」

と怒鳴りながら、水夫はどてらの襟首《えりくび》を摑《つか》んで主甲板に引き出した。

「何者や、留吉《とめきち》じい」

顔を伏せて操舵場下の主甲板に引きずり出されたどてらの 輩《やから》を睨みながら沖船頭の初《はつ》右衛《え》門《もん》が尋ねた。

「ただ乗り者《もん》が船倉の長持に隠れとったわ、沖船頭」

と得意げに告げた留吉じいと呼ばれた水夫が、

「遠州灘に叩き込んでもかまへんな」

と華奢《きゃしゃ》な体を抱え上げようとして、

「むむう」

と驚きの声を漏らした。

初右衛門が留吉を見た。

「沖船頭、遠州灘に入ってから、船足が遅いんやないか。これだけの風を受けて、今一つやったな。こやつが潜り込んでいたせいや。樽廻船には決して乗せたらあかん女やで」

「なに、女の密航人か」

と応じた初右衛門がしばし沈黙した。

「ええな、沖船頭。この女が潜り込んでいたせいで、船足が遅うなったんや。海に叩き込めば船足は戻るやろ」

水夫頭《オヤジ》の達三《たつぞう》が沖船頭の顔を見た。

「沖船頭、なんぞ懸念か」

水夫頭が初右衛門に質した。

「沖船頭、女が独りで樽廻船に乗り込むわけあらへん、だれぞ手引きした者が船にいてるんちゃうか。だれや」

達三が声を張り上げ、主甲板にいた水夫らを睨み回した。だが、主甲板にいる乗組みの者のだれ一人として達三の問いに応ずる者はいなかった。

「いてへんのか、ならば女を遠州灘に放り込まんかい」

達三が留吉じいに命じた。

そのとき、操舵場で沖船頭の初右衛門の傍らにいた廻船問屋津國屋の次男坊にして助船《すけせん》頭《どう》の文次郎《ふみじろう》が、

「沖船頭、その者はわしの知り合いや」

と小声で告げた。

「なにっ、文次郎さん、おまはんの知り合いやて」

と初右衛門は隣に立つ文次郎を眺めた。

沖船頭の初右衛門は、津國屋の雇《やと》われ船頭だ。ただの雇われと違い、津國屋の新酒番船の沖船頭を二十年前から務めてきた。その下で三年前から文次郎は助船頭として修業をしていた。

「文次郎さん、おまはんもうちの助船頭を三年もやっとるな。樽廻船でやってはいかんことを知らんわけないやろ。この一件、親父さんは承知か」

「いや、知らん。わしの一存で密かに乗せた。沖船頭やご一統には面倒をかけた。このとおり詫びる」

と文次郎が頭を下げた。

「助船頭、それで済むと思うんか。浪速丸の乗組みの全員の命がかかった話やで」

密航人を見つけた留吉じいが頭を下げた文次郎に文句をつけた。

「分かっとる。江戸に着いたらわしがすべての責めを負う」

「いや、この場で決着をつけたほうがええ、沖船頭」

と達三も言った。

初右衛門が傍らの文次郎を見た。頷いた文次郎が、

「沖船頭、あんただけに言うとくことがある」

と小声で言った。

聞き耳を立てる達三や留吉じいらにも聞こえないひそひそ話となった。

「言わんか、助船頭」

沖船頭の命に助船頭文次郎が首肯し、

「あの娘は荷主、伊丹の蔵元大西屋《おおにしや》省左衛門《しょうざえもん》様の娘のお薫《こう》さんや」

と囁《ささや》いた。

荷主、つまりは酒蔵の娘だと文次郎が言ったのだ。

「なにっ、蔵元の娘やって、ほんまか」

初右衛門の念押しに文次郎が頷いた。

「船に乗せたには曰くがあるんやろな」

「ある。せやけどな、沖船頭、これは皆に告げる話やない。沖船頭のあんただけに話すさかい、判断してくれ」

文次郎の返答にしばし沈思した沖船頭が命じた。

「留吉じい、女を狭《はさみ》ノ間に入れろ」

狭ノ間とは樽廻船の中で唯一の個室、沖船頭の部屋だ。

「なに、海には放り込まんのか」

「留吉じい、沖船頭のわしの言葉が聞けんのか」

初右衛門の口調が険しかった。しばし間を置いた留吉が、

「へえ」

と返事をして主甲板船尾にある沖船頭の部屋に密航人の娘お薫を連れ込んだ。

「各自、仕事場に戻るんや。うちの相手は三井丸やで。必ず江戸の内海にはうちが頭で入る。この一、二昼夜が勝負というんを忘れるんやないで」

初右衛門が乗組み一同の気を引き締めた。だが、密航人の正体が一統には知らされないために、

「へえ」

と応じる返答にも力が籠《こも》っていなかった。

操舵場に沖船頭と助船頭の二人だけが残った。

「話を聞くで、助船頭」

「沖船頭、大西屋の省左衛門様が前妻《ぜんさい》さんに三下《みくだ》り半《はん》を渡したのは承知やな」

「おお、知らいでか。わしらにもよう尽くしてくれはった前妻のお秋《あき》さんは江戸に泣く泣く戻りはったわ。ただ今のおかみ、お代《だい》さんには正直お秋さんの気遣いはないな、わしらを虫けら扱いや」

一年半前のことだ。

前年の新酒番船は妾《めかけ》にその座を奪われたお秋のために浪速丸の沖船頭以下が結束して帆走し、惣一番を得た。

「前妻との間に生まれた子の嘉一郎《かいちろう》さん、娘のお薫さんの二人も妾から正妻《せいさい》についたお代さんとうまくいってへん。お薫さんは江戸のおっ母さんに会いたいいて、わしに願ったんや。そのうえ、兄さんの嘉一郎さんもわしにな、お薫を江戸のおっ母さんのもとへ連れて行ってくれと親父さんに内緒で頼んできたんや」

「助船頭は、酒蔵の嘉一郎さんとは親しい間柄やったな」

「ああ、幼なじみや。伊丹の酒蔵と大坂の廻船問屋の倅同士、隠し立てのない仲やわ。お薫さんは未だ十四歳。実の母親に会いたい、いや、妾といっしょの暮らしより江戸のおっ母さんと過ごしたい気持ちは、わしも分からんではないさかいな」

「それで長持にお薫さんを入れて船倉に積んだんか」

初右衛門の問いに文次郎が頷いた。

二人の間に長い沈黙があった。

沖船頭初右衛門にとって、伊丹の酒蔵大西屋は廻船問屋の津國屋と同じくらいに大事な関わりの相手だった。

「大西屋の旦那といまのおかみさんはうまくいってはるんか」

「沖船頭も妾上がりのおかみさんの気性は承知やろう。わしは嘉一郎さんとお薫さんの気持ちがようわかる。せやけど、こんどの一件で沖船頭に厄介をかけたこともわしはよく承知しとる。無事に品川沖に着き、新酒を下ろし、お薫さんをおっ母さんのもとに届けたら、どんな責めでも負うつもりや」

と助船頭にして廻船問屋津國屋の次男坊が潔《いさぎよ》く言い切った。次の船頭になる文次郎の言葉だ、ただ今の沖船頭とて聞き逃すことはできなかった。

無言でなにごとか考えていた沖船頭初右衛門が、

「おまえは廻船問屋の次男坊、嘉一郎さんは新酒『姫《ひめ》はじめ』の酒蔵の継承者、雇われ船頭のわしにとって、えらい厄介ごとや」

「かんにんや、沖船頭」

再び沈思した初右衛門が、

「お薫さんのことを正直に話すしかあれへんな」

と覚悟したように呟いた。

「オヤジ以下、女密航人のことを全員が承知やからな」

「わしがまず皆に話す。そのうえで助船頭のおまえの話と一致するんやったら、うちの連中を納得させるくらいできひんことない。そのくらいのことができひんでは沖船頭は務まらん。助船頭、操船をしばらく頼む」

と言い残した初右衛門が狭ノ間に下りていった。

二人が問答を続ける間にも、浪速丸は真東風《マコチ》と船足を一定にして走り続けていた。

沖船頭が言うように惣一番を競う相手は、西宮の三井丸だけだと文次郎は思っていた。

だが、外海に出る前に三井丸を背後に見ただけで、以来その船影はどこにも見られなかった。

「助船頭、背後から船が追ってくるで」

と船尾にいた見張りが叫んだ。

「三井丸か」

「違うな、帆を見ると江戸の廻船問屋八州屋の武蔵丸やて思う」

「ほう、江戸の帆船が追ってきよるか。よし、弥帆《やほ》を増やして船足を上げんかい」

と助船頭の文次郎がオヤジに命じた。

そのとき、三井丸は浪速丸より南西十五里（約五十九キロメートル）余の海上にいた。周囲に一隻として新酒番船の姿は見えなかった。船足は速く、オヤジの弥曽次は、

「潮の流れに乗っとる。下田の石廊崎《いろうざき》沖に到着する折には、必ず大坂の浪速丸に追い付いとるわ」

と海次に告げ、

「もう一度蟬に上がって海を見てみるんや。あと四半刻もすれば日が落ちるからな」

と言い添えた。

「オヤジ、いまはどんなふうや」

「十二、三海里（二十二～二十四キロメートル）と見た。いや、もっと出とるかもしれへん」

「これまで一番速かった新酒番船はどれほどの日数で江戸に着いたん」

「寛政《かんせい》二年（一七九〇）に二日と半日で走り切った樽廻船がおるそうや。そんな走りは、沖船頭以下乗組みの者の腕前、船の具合、風向き、潮加減なんかがすべてうまくいかへんと無理や。この二日半はここ何十年破られてへん」

「三井丸は越えられへんのか」

「一日半を経て、ようよう遠州灘に差し掛かったところや、まあ無理やな」

と言った弥曽次が、

「ええか、日暮れの上に海が荒れて船足も速い。帆にはたかれて海に叩き落とされるな。落ちても船は止まりもしなければ、救《たす》け作業などせえへんからな」

「分かった」

と答えた海次は今朝方から何度目だろう。主帆柱の頂、蟬に上がって帆桁に跨り、腰に使い込んだ麻縄を巻き、それを帆柱にしっかりと結わえた。

刻限は六つの頃合いか。

西の方角に日が沈むのが見えた。

海次は腰を落ち着けると四周《ししゅう》の海面を眺めた。

(海は広い)

と改めて思った。西宮浦を一緒に出たはずの新酒番船の姿は一隻として見えなかった。

海次はそれでも飽きずに大きくうねる波間を見ていた。

(この遠州灘が異国の海へとつながっとるんか)

丹波篠山では考えられない光景だった。

丹波篠山で山走りをしていたとき、

（鳥になりたい）

と思ったことがしばしばあった。だが、三井丸の艀に座っていると夢を果たしたことに気づいた。

日没に照らされて黄金色《こがねいろ》に輝く海は荒々しくも美しかった。

（おりゃ、酒造りより船乗りが性に合《お》うとる）

と思いながら海次は艀の上でとろとろと眠っていた。

夢を見ていた。

幼い日、小雪と見た影絵芝居の子狐が波間に浮かんでいる姿だ。

「子狐、助けちゃるで」

と叫んでいた。だが、どんどんと子狐は遠くへと流れていく。不意に子狐が海次を振り返った。

なんと小雪の幼き日の顔だった。

「小雪」

と叫びながらはっとして眼を覚ました。なんと艀の上で眠り込んでいた。海次は三井丸の正面の海から沖合へと視線を転じた。すると月明かりに潮に乗って四斗樽のようなものが二つ三つ激しく波間に揉まれているのがおぼろげに見えた。

（まさか）

と思いながら遠眼鏡で確かめようとした。

揺れる船上、それも月明かりで四斗樽らしき菰包みを遠眼鏡ではなかなか摑まえることができなかった。だが、一瞬だが遠眼鏡が四斗樽を捉えた。

「沖船頭、東の海面、一里のところに四斗樽らしきものが三つほど浮かんどる」

と操舵場に向かって叫んだ。

「確かか、もはや宵闇、月明かりやで、見間違いやないんか」

「遠眼鏡で確かめたわ」

疾風の辰五郎が楫取の梅之助に命じた。

舵身木《かじみき》を動かす舵柄《かじづか》に数人の水夫らが取りつき、ドンスも巻いて力を加え、一気に進路を変える作業に入った。だが、二千石船の巨大な舵は早々に動かなかった。同時にオヤジたちが右舷側から竹竿を突き出した。その竹竿の先には麻縄で編まれた籠が固定されていた。

三井丸の進路がゆっくりと面舵《おもかじ》に変わっていった。

海次は蟬の上で南から北へと流れていく四斗樽に三井丸がだんだんと近づくのを肉眼で確かめていた。

海次は遠眼鏡を首に吊るし、蟬から一本柱を伝って主甲板に下りた。

「おお、四斗樽が見えたで」

舳先から楫取の梅之助が叫び、

「あと、一丁（約百九メートル）や、一丁先に浮かんどるで」

と弥曽次が叫び、傍らに寄ってきた海次に、

「海次、手柄や」

と叫んで、数人の水夫とともに右舷側から身を乗り出した。

四斗樽は三井丸に引き寄せられるように急速に間を縮めて、オヤジが上手に籠に掬《すく》い入れた。

「滑車の鉤手《かぎのて》を籠にかけろ」

「おー」

と水夫らが呼応し、海次も手伝って波間に浮いていた四斗樽を木製の滑車を利用して主甲板に引き上げた。

主甲板に転がされた菰包みは新酒の四斗樽に間違いなかった。無言で三井丸の乗組みの水夫らが四斗樽を見つめていた。海次に気づいた弥曽次が、

「ハネ荷や」

と告げた。

「甲板に積んでいた四斗樽を海に流したんや。ハネ荷は打荷《うちに》とも呼ばれる。ハネ荷を強いられた船がどの船かこれで分かる」

海次は改めて四斗樽を見た。波に打たれて破れた菰に、

「初ひめ」

と記してあった。

海次は西宮郷での酒造りの暮らしを三井丸の船上で思い出していた。江戸の人に飲んでもらおうと丹精《たんせい》込めて醸造した酒が荒れた海に漂っている。なんとも空《むな》しく悲しかった。

海次は菰包みがどこの酒蔵の新酒か理解した。

「安兵衛じいが沖船頭の備後丸が積んどるのが新酒の『初ひめ』や」

弥曽次が海次の気持ちを読み取ったように告げた。

「備後丸はハネ荷をするような目に遭っとるんやな」

海次の問いにだれも答えなかった。

三井丸の沖船頭の辰五郎が、

「ハネ荷で事がすめばええがなあ」

と呟き、操舵場に戻っていった。

その場に残ったのは弥曽次と海次の二人だった。

三井丸の船上のランタンが灯りだった。

「安兵衛じいは決してハネ荷はせぬ沖船頭やった」

弥曽次が備後丸の運命を海次に告げたが、海次はなにも答えられなかった。

三

三井丸の神棚《かみだな》の前へ海次は「初ひめ」の四斗樽を捧げて海神様《わたつみのかみ》に、

「備後丸と沖船頭安兵衛一統の無事」

を祈った。

宵の口、三井丸は遠州灘の沖合を進んでいた。

海次が主甲板に戻ってみると月も雲に隠れて遠州灘は真っ暗だった。四斗樽を見つけたのは僥倖《ぎょうこう》だったのだ。

新酒番船の一行は二晩目を迎えようとしていた。

「オヤジ、陸路で言えばどの辺りを三井丸は走っとるんや」

「遠江《とおとうみ》の浜松《はままつ》沖やな」

「陸地の灯りは見えへんな」

「沖走りや、何十海里も離れとるでな。陸の灯りは見えへんで」

「沖船頭はなにを頼りに走っとるんや」

「おまえに言うても分からへんやろうけど、星を頼りに磁石なんかをいくつも使って、三井丸の位置を確かめながら、伊豆《いず》の南端、石廊崎沖を目指しとるな」

「伊豆に到着すればひと安心なんか」

しばし間を置いた弥曽次が、

「一つ、厄介なことが残っとる。まあ、出てはこないやろと思うけどな」

と弥曽次が言おうか言うまいか迷った顔つきのあと、言った。

「三井丸の調子がよくないんか」

「いや、初航海でな、わしらの操船が今ひとつやけど、三井丸の走りは上々や」

「ならばなんや」

オヤジはまた間を置いた。

「確かやとは言えへん。ゆえにおまえには話してへんかった。石廊崎沖でな、新酒番船を襲う海賊《かいぞく》が近ごろ出没するんや」

「なに、海賊やて。そんなもんが海におるんか」

「三年前、新酒番船が襲われて沖船頭以下、皆殺しに遭って船を乗っ取られた」

「盗んだ四斗樽を江戸で売るんか」

「おお、奴らにはワル仲間がいて、江戸の下り酒問屋と結託《けったく》して売り出しよる」

「三井丸も狙われとるとみてええか」

「新酒番船ならばどの船が目当てということもない。偶《たま》さか海賊船の待ち伏せしとる沖を通りかかった樽廻船が狙われる」

海次は初めて聞く話に驚かされた。街道筋には山賊が出るとは聞いていたが、樽廻船ごと乗っ取る海賊の存在に驚いた。

「オヤジ、三井丸が海賊船に襲われたとするで。黙って船と積み荷を渡すんか」

弥曽次が首を横に振った。

「廻船問屋の鹽屋も酒蔵の樽屋も新造の三井丸に大金を払い、勝負をかけとる。黙って渡せるもんか。なにより船足は海賊船より新造の三井丸が断然速いわ」

「ならば安心やな」

「そうとばかりも言い切れん。やつらは不意をついて襲いくるし、石廊崎辺りの複雑な地形と潮具合をよう承知しとる。それに海賊船め、侍くずれを乗せとるそうや、噂やけどな、鉄砲《てっぽう》なんぞ飛び道具を携えとるんやて」

海次は考え込んだ。

「オヤジ、おれを海に放り込まなかったんは海賊が襲いきた折、一人でも味方が多いほうがええと考えたせいか」

「まあ、それもあるな」

と平然とした表情で応じた弥曽次が、

「海次、おまえ、百日稼ぎに灘五郷に働きにきとらん折は、丹波篠山で杣人をしとると言うたな。丹波の山には猪やら熊やらが棲《す》んでいよう。あやつらと出くわしたとき、どないするん」

「熊は滅多に見かけん。せやけど、猪、鹿は結構出会うで。杣人は用心のために手槍《てやり》や杣弓は持っとるが、実際に使ったことはあらへんな」

「海次、弓矢は使えるんか」

「一応は猟師に習って杣弓を射る真似事はできる」

よし、と言ったオヤジが上層船倉の一角に設けられた納戸《なんど》に海次を導くと、戸を開いた。するとそこには自衛のための飛び道具の弓矢、突棒《つくぼう》や竹槍などが用意されていた。

「まさか海の上で弓矢を使うとは思わへんかった」

「相手は命知らずの海賊やで。千数百両もかけて新造した三井丸を乗っ取られてたまるか」

　とオヤジが言った。だが、その口調には、まずそんな目には遭うまいとの思いが込められていた。

「もし、海賊船と出会《でお》うたら、親父ら丹波杜氏の造った『神いわい』を守ってみせる」

　海次は本気だとオヤジに告げると、本職の弓職人が造った長さ五尺（約百五十二センチ）余の竹弓を海次に貸し与えた。丹波篠山の杣人が使う手製の弓矢よりさすがに立派だった。杣弓は竹製だが、せいぜい三尺五寸（約百六センチ）ほどしかなかった。幾たびか弦《つる》を引くと本式の弓はなかなかの威力がある武器と思えた。

「海次、おまえ、蔵人には勿体《もったい》ないかもしれへんな。背丈も大きいが四肢がしっかりとして腕が長い。水夫のだれひとりとして弦を引ききる者はいてへん」

　と弥曽次が言い、

「これはなかなかの飛び道具や」

　と海次が応じた。

「使えそうか」

「主甲板で稽古《けいこ》をしてええか」

　弓は三張《はり》、矢は何十本も用意されていた。

「おう、沖船頭に許しを得てやろう。海次、万々《ばんばん》海賊船と出会う機会はないやろうけど、やつらは鉄砲を携えとるんや。うちが弓矢を持っとることは最後の最後まで海賊には隠しとけ、不意をついたほうがええからな」

「分かった」

海次は新酒番船が自然の猛威や海賊船の襲来《しゅうらい》をかいくぐって江戸に新酒を届ける苦労を三井丸に乗って知った。

(親父、なんとしても「神いわい」を江戸に届けてみせるで)

と胸の中で誓いながら、初めて手にする弓の弦を引いて飛び道具に慣れようとした。

海次は弓矢を一組主甲板に持ち出し、揺れる三井丸の主甲板の隅で夜の海に向かって空弓で弦を引く動きを繰り返した。さらに矢を番《つが》えて海に向かって何本か射てみて、コツをつかんだ。

その光景を操舵場で沖船頭とオヤジが見ながら、

「オヤジ、妙なやつが船に潜り込んできたな」

「最初《はな》っから殊勝面《しゅしょうづら》して妙なやつとは思うたが、丼めしは三杯も食らって船酔いもせず、三井丸の艫に上がって居眠りまでしとるわ。そのうえ弓で海賊まで退治《たいじ》するつもりや。あやつ、百日稼ぎの酒蔵暮らしは勿体ないで、沖船頭」

ふっふっふふ

と無心に弓の弦を引く海次の動きを見ていた疾風の辰五郎が笑い、

「海賊船に出会うて、三年前の仲間の仇《かたき》が討《う》ちとうなったな」

「疾風の、わしらの願いは海賊船に遭うことやない。惣一番がなによりの仕事やで」

「おお、忘れるもんか。ただ、あいつを見とると、なんとなくそう思いたくなっただけや」

と辰五郎が言い、

「浪速丸と差はどれほどあるやろ」

と弥曽次が訊いた。

「さあてな、三井丸の先を走っとるのは確かや。わしの願いは石廊崎沖辺りで浪速丸の船影を捉えたいということや」

と辰五郎が言った。

「江戸の品川沖に着くのは西宮浦から数えて三日と半日あたりやろうか」

「風具合がようない、夜半《やはん》から雨が降るかもしれへん。まあ、そんな日数で走りきれば上々吉《じょうじょうきち》や。間違いなく今晩は風雨にさらされる」

と沖船頭の辰五郎が答えたとき、

「沖船頭、夜食《めし》やで。どこで食うんや」

と炊き方の半六が番重《ばんじゅう》を提《さ》げて主甲板に姿を見せた。

夜空を見上げた沖船頭が、

「あと一刻は、雨は降らんやろ。操舵場で食う。こっちに運べ」

と命じた。

「大めし食らい、めしを食わんか」

と半六が海次に声をかけたが、海次は弓の弦を引く動きに没頭《ぼっとう》しているのか、返事がなかった。

「半六、もう少しあとでな、炊き場に連れていく」

弥曽次が段々と弓矢の扱いに慣れていく海次をその動きと形《なり》に見ていた。


西宮の酒蔵樽屋の蔵人部屋でも夕餉のときを迎えていた。

百日稼ぎの最後の夜ということで、蔵人に酒が供《きょう》されていた。一方、丹波杜氏の頭司の四代目長五郎は、樽屋松太夫宅に招かれていた。それに廻船問屋の鹽屋井三郎も同席して、膳《ぜん》を囲んでいた。

「長五郎さんよ、そう早う丹波に戻らんでもええではないか、二日三日江戸からの吉報を待ってみいへんか」

鹽屋井三郎が長五郎に言った。

「鹽屋の旦那、今年はうちが惣一番は間違いなしや。三井丸のあの船足に沖船頭が疾風の辰五郎さんや、わしらがこちらに長居しようと丹波に戻ろうと結果は見えとりますから、わしらは篠山で吉報を待づとります」

と長五郎が言った。

「まあ、わしらもそのことを努々《ゆめゆめ》疑ったことはない。四代目といっしょに喜べたらなと、鹽屋の井三郎さんと同じ想いなんや」

「樽屋の旦那、あり難いこってす。今年の『神いわい』の出来はよかった。新造の三井丸に新酒が揺られて、杉樽の香りといっしょになって江戸の酒好きを満足させましょうな」

と応じた長五郎が、

「鹽屋の旦那、樽屋の旦那、ご両人にはいつぞやお伝え致しましたように、篠山に戻れば、山太郎の祝言が待ち受けとりますんや。田舎の祝言や、あれこれと仕度もございますしな、こたびばかりは無理を聞いて下され、いささか早う丹波篠山に戻らせてもらいます」

長五郎が改めて二人に頭を下げた。

「おお、そうやった。山太郎さんと篠山城下の旅籠の娘御との祝言やったな。めでたいこっちゃ。うむ、待ちなはれ」

　と樽屋松太夫が言葉を途中で止めて、

「長五郎さん、あんた、山太郎さんの祝言を機会に四代目長五郎を譲って隠居する気やないやろな」

　と危惧を告げた。

「蔵元さん、山太郎に丹波杜氏の頭司は未だ荷が重うございますで。許されるならばあと三、四年はわしが山太郎を育てます」

「そうやろうな」

　と安心したように言った松太夫が、

「山太郎さんはまだ経験も足りひんけど、杜氏として酒造りするには真面目一辺倒の気性ではな、酒がおもろうない、遊び心が足りまへんな。その点、次男坊の海次のほうがな、融通が利くんやないんか」

「樽屋の旦那、気性ばかりはなんとも変えようがありまへんな。それに山太郎は」

「嫡男や」

「こればかりはどないにも」

　と言い訳する長五郎に、

「長五郎さん、先日、海次にな、弟のおまえさんがしっかりと兄さんを助けてやりなされとうちの番頭が余計なお節介をして言いましたんや。むろんわしの意を汲んでのこっちゃ」

「そうでしたか。で、海次はなんと」

「よう承知しとるというようなことをな、応えたそうや」

「あり難い忠言でございます」

「長五郎さん、ところでこのところ海次の姿を見まへんな」

「それですがな、祝言の仕度にひと足先に丹波に帰れと言いましたら、なにを勘違いしたか、次の日にはあやつ篠山に戻っとりましたんや。旦那はんに挨拶もせえへんと申しわけないことでした」

「おお、そうでしたか」

と樽屋松太夫がなんとなく得心した。

「あの若い衆、気が早いな、それになかなかの頑張り屋やで。なんと四斗樽を三日間独りで船積みしました。さすがに丹波杜氏の倅や、樽扱いに慣れとります。いや、樽廻船の水夫かて、四斗樽をああ軽々と運べまへんで」

「水夫は二、三人がかりやけど、海次は独りでやりとげましたんや」

と二人の旦那が海次の樽運びを褒めてくれた。

だが、父親の長五郎は、海次の三井丸での樽運びになんぞ秘められた曰くがあるのではないかと思っていた。むろん長五郎が海次に先に丹波篠山に戻れと言ったこともなかった。長男の山太郎に海次の行方を質したが山太郎も、

「親父が海次になんぞ格別な用を命じたということはありまへんやろか」

と反問された。当然、長五郎は、

「そんなことはない」

と首を振った。

あの直後、小雪から山太郎に文が届いて海次の行方が判明したと長五郎は思った。

だが、山太郎は親父の長五郎に小雪の文の内容を告げなかった。

山太郎は、あれこれと考えた末に丹波篠山に帰ったあと、長五郎に話すことにしたのだ。

当然、もし海次が小雪への文で伝えたように新酒番船に忍び込んで江戸に向かったとしたら、江戸から三井丸に密航人があったことが、西宮の廻船問屋の鹽屋にも酒蔵の樽屋にも知らされることになる。

小雪が文に認めていたように、山太郎も海次の江戸行きなど不確かなことにはその折まで触れないことにしたほうがよいと思えたからだ。

あの折、父親の長五郎は山太郎に、

「文は小雪さんからか」

と問うた。

「ああ、小雪さんからやった。祝言のことをあれこれと案じとると書かれてあった」

と山太郎は答えていた。

長五郎は小雪の文といい、山太郎の反応といい、海次の行動を山太郎は承知ではないかと気にしていた。だが、山太郎にそれ以上追及しても、新たなことを話すとは思えなかった。


「ともかくや、長五郎さん、丹波杜氏の頭司は四代目のあんたや。そして、山太郎さんが五代目として長五郎を引き継ぎ、海次が助ける体制は変わりまへんで」

となんとなく曰くのありそうな言い方を樽屋松太夫がした。

「樽屋の旦那、なんぞうちらに気がかりがございますんか」

「ううーん」

と唸《うな》った松太夫が、

「酒の席で言うこっちゃないけど、気がかりがないことはない。まあ、おまえさんが元気なうちは差しさわりはないやろうと思うけどな」

「旦那、気がかりがあれば海次のことでもなんでも言うてくれまへんか」

「海次のことは最前述べたけどな、その一件とは違うんや」

「なんですかな」

長五郎は樽屋松太夫の言うことの推測がつかず問い返した。

「うん、言いにくいこっちゃ。蔵人頭の竹三がな、うちの女子衆《おなごし》にだれかれとなく手を出しよるんやわ。よう見とれば仕事ぶりがな、勝手過ぎて、他の蔵人に悪い影響を与えとるんと違うやろか」

長五郎は前々から気になっていた蔵人頭のことを遠回しに蔵元の旦那に言われて、

「申し開きもできまへん。このとおりです」

と座り直して頭を深々と下げた。

「長五郎さん、あんたに頭を下げられても困るで。うちが言いたいんは、五代目の体制になる前になんとかするこっちゃな、いうことや」

と言い添え、

「へえ、来年の百日稼ぎには新たな丹波杜氏の陣容でこちらに寄せてもらいます」

と答えざるを得なかった。

四

沖船頭の辰五郎の予測どおり、夜半に遠州灘の沖合で冷たい雨が降り出した。

春の荒れる風と波に雨を加えて、いよいよ難儀な新酒番船になった。帆が雨に打たれて重くなり、船足を遅くした。ついでに風も不規則な吹き方をした。帆船にとって難儀な風だった。

夜の沖乗り航海にとって悪い条件が重なった。

三井丸では前帆柱の前帆を下ろし、舳先の三角弥帆を一枚にして艫帆は残した。船足は明らかに鈍《にぶ》った。さりながら一枚帆の和船仕立ての樽廻船のほうが和洋折衷の造りより難儀だった。

天明《てんめい》五年（一七八五）、播州高砂《たかさご》の船頭松右衛門《まつえもん》が難儀と苦心を重ねて太い木綿糸《もめんいと》を使った、

「厚くて丈夫」

な帆布《はんぷ》の製作に成功した。この帆布は、

「織帆《おりほ》」とか「松右衛門帆」

と呼ばれ、丈夫なお陰で強風でも帆を下ろすことなく帆船を動かし、風待ちが減った。

松右衛門帆を使った千石船で二十五反《たん》、千二百石で二十七反、千五百石で二十九反、三井丸のように二千石を超えると三十二反の一枚帆が使われた。主帆一枚の和船仕立ては、雨が降って濡れると当然船足が落ちた。それは和洋折衷の三井丸も同じだった。

海次が水夫頭《オヤジ》の弥曽次に、

「船足はだいぶ落ちましたんか」

と訊くと、

「無断で潜り込んだ密航人が一人前の口を利くようになったな」

と水夫見習とは認めていない口ぶりだが、決して機嫌は悪くなかった。

「オヤジ、うちにとってこの雨は都合がええんか悪いんか」

「おお、新造の三井丸は異国船に倣って水密甲板や。荒波に洗われようと雨に打たれようと平気やで。板蓋を置いただけの弁才船は波に加えて雨まで降り込むからしんどいやろ。とくに甲板まで積み荷をした船は船足が一段と遅うなる」

「大坂の廻船問屋津國屋の浪速丸に追い付くええ機会なんか」

「いや、そうとも言えへん。三井丸の前を走るのは浪速丸を含めて、二、三隻やろう。後ろから来る番船はわしらと差が開くだけやが、前を行く浪速丸は熟練の沖船頭初右衛門さんが乗り組んどる。和船造りとは言いながら、これまでの経験を活かして毎年改装をしてきとろう。浪速丸ら数隻との間合いはこの夜の間はさほど変わらんやろ、一隻でも躱《かわ》して順番を上げられるとええがなあ」

と水夫頭が言った。

風雨と高波の中、どの新酒番船も夜の航海で苦労しているのは一緒かと海次は思った。夜は遅々として明けようともしない。新酒「神いわい」を積んだ三井丸は駿河湾《するがわん》沖に向けて他船の船影を見ることなく、沖船頭の辰五郎や楫取の梅之助の経験と技量を信じて、ひたすら難儀な航海を続けていた。

未明八つ（午前二時）時分、船倉に固定された轆轤を使い、帆綱《ほづな》を引いて前帆の角度をあげた。

この折、海次は轆轤を使って綱を引く作業を初めて手伝わされた。大力を認められてのことだ。前帆の拡帆を終えたとき、三井丸の船足が上がったのを海次は感じた。風向きが変わったのだろう。和洋のよいところを組み合わせた新造帆船の利点が厳しい自然に立ち向かっていた。

「オヤジ、万屋の備後丸はどないなったやろなあ」

波間に浮かんでいた四斗樽を積んでいた樽廻船のその後を案じて海次は尋ねた。

沖船頭の辰五郎も水夫頭の弥曽次もこの一件について、三井丸の神棚に祈りを捧げた後、一切口にすることはなかった。

「安兵衛じいはどの樽廻船の沖船頭より多く、西宮浦から江戸の品川沖まで走ってきた年季の入った沖船頭や。せやけど、ハネ荷までしたとなるとなんともな、予測がつかへん。この風と波、ついでに雨が加わったとすると」

「どないなるんや。備後丸は沈むんか」

「海次、船乗りに沈むという言葉は禁句や、二度と口にしたらあかん」

「へえ」

と海次は素直に返事をした。

しばし間を置いたオヤジが、

「海次、和船はな、確かに波を甲板に食らうと厄介や。まして沖に流されとる。安兵衛じいはハネ荷をして船を軽くした。次になす手は波風に逆らうことなく流れに任せることだけや」

「沖にどんどんと流されていかへんのか」

「それが安兵衛じいの狙いや。下手に抗《あらが》って陸に寄ろうとするとぼろ船の船体に力がかかって、おまえが言うように船倉に海水が入り、厄介なことになる。わしはおまえが見つけたハネ荷の四斗樽を見たとき、備後丸は操船不能になったといったんは考えた。せやけどな、安兵衛じいはそう簡単に諦めん。流れに任せて漂う策を選んだ」

「オヤジ、沖船頭も楫取も水夫もなにもせえへんのか」

「おお、縮帆するか帆を畳んで流れに任せとれば、いつかは風雨も波も静まるやろう。その折、帆柱も帆も残り、舵も大丈夫ならば、江戸に向けて備後丸が息を吹き返すこともできる」

「大海原で波や風に任せて漂流するなんて、考えただけで肝が縮むで」

「それが生き残る唯一の途や。数月後か半年後にどこぞの浜か島に着いてくれればええがなあ」

弥曽次は願いを込めて備後丸の運命を語り聞かせたのだと海次は悟った。

「三井丸は沖船頭の考えどおりに走っとるんやな」

海次は荒れる海と雨が降り注ぐ夜空を見ながら尋ねた。

「おお、疾風の辰五郎沖船頭は、三井丸がどこを走っとるか承知しとるわ。先を行く浪速丸の沖船頭もな、これからは二隻の我慢比べや」

とオヤジが言い切った。

西宮の酒蔵樽屋の宿では丹波杜氏らが故郷に帰る仕度をして、暁《あかつき》七つ(午前四時)の刻限に出立し、海を背にして山道に入っていった。

毎年、寒造りの百日稼ぎで通いなれた道だった。

夜通し降っていた雨は夜明けには小降りになり、頭司の長五郎以下、雨仕度で慣れた篠山への街道を黙々と歩いていた。

丹波杜氏の蔵人の先頭には頭司の四代目長五郎が立ち、年季の順に従った。そして、最後尾に跡継ぎの山太郎が控えるのが習わしだった。

山太郎は海次のことを黙然と考えていた。

小雪の文にあったように新酒番船に潜り込んだ後どうしているだろうか。

蔵人頭の竹三が不意に路傍《ろぼう》に足を止めて草鞋《わらじ》の紐を結び直していたが、山太郎を見ると立ち上がった。

「山太郎さん、頭司はなぜ新酒番船の結果の早飛脚が来るのを待たずに灘五郷を離れるんや、これまでかようなことがあったか」

蔵人頭が春の冷たい小雨を菅笠《すげがさ》と蓑《みの》で避けながら尋ねた。

すでに夜は明けていた。

一行と、山太郎と竹三の二人の間は離れていた。竹三は山太郎に訊きたくて草鞋の紐を締め直していたのだ。

「さあ、頭司と蔵元の旦那、廻船問屋の鹽屋の旦那との三人の話で決まったんやろう」

「二人の旦那と話す前に丹波篠山帰りは決まっとったで」

「竹三さんはなんぞ西宮に未練があるんか」

山太郎は酒蔵の女子衆おやすと竹三がわりない間柄であることを女子衆頭のおかめより相談を受けて知っていた。

「未練なんぞなんもない。ただな、百日稼ぎの結果を知らせてくる早飛脚も待たずに篠山へ戻ることがこれまであったやろうか、おれは知らへん」

と竹三がしつこく訊いた。

「わしに訊かれても親父の胸ん中は分からんからな」

山太郎の小声を聞いた竹三はしばらく黙っていたが、

「海次がいなくなったことと、こたびの篠山への早帰りは関わりがないんか。おれはあるとみとるけどなあ」

「どういうことや、竹三さん」

「海次は小雪に未練を残しとる。兄さんと小雪の祝言前におれたち一行より一足先に戻り、小雪に話を持ち掛けとるんやろう」

「それはない」

「どうしてそう言えるんや」

「わしらの祝言は親同士の話し合いで決まっとる。それに海次もおれが小雪さんと所帯を持つことを承知しとるで」

「小雪と子どものころから付き合ってきたのは山太郎さん、あんたやないやろう。幼なじみは海次や」

山太郎は不意に足を止めた。二、三歩先に進んだ竹三も足を止めて振り返った。

「蔵人頭、この祝言はおまえさんに関わりないやろう、他人の家のことに余計な嘴《くちばし》を突っ込むんやない」

「ほう、もう五代目の頭司になったつもりなんか」

「竹三さん、わしらのことより樽屋の女子衆のおやすさんのことはどないするんや」

と山太郎が話柄を突然変えた。

竹三はすぐに返答ができなかった。

「わしがだれと遊ぼうと山太郎さんに関わりないやろ」

「いや、ある」

「どういうことや」

「樽屋の女子衆頭のおかめさんから相談を受けとる一件や」

「一件とはなんのことや」

竹三の語調が最前より弱くなっていた。

「おやすさんが身ごもっとることを竹三さんも承知やな、篠山に戻る前にはっきりしてくれとおやすさんに言われなかったか」

「余計なことやで、山太郎」

と竹三が呼び捨てで言い放った。

「蔵人頭、このままやったら、樽屋は来年にはわしら丹波杜氏を呼ばんかもしれへんで。少なくとも親父が知ったら、おまえさんを蔵人頭として樽屋には連れていくまい。来年も百日稼ぎができると思うとるんか」

「くそっ、余計なことを」

と竹三が罵り声を上げた。そして、

「山太郎、おまえと小雪の祝言をぶち壊したるわ」

と言い放った竹三が先を行く長五郎一行を追っていった。

山太郎はしばしその場に立ち止まり、考え込んだ。

この丹波道で二人が問答していたとほぼ同じ刻限、西宮の廻船問屋鹽屋所蔵の新造帆船三井丸は遠州灘の沖合の大海原をゆっくりとだが、駿河湾の沖合へと接近しつつあった。

二晩目はとうに明けて西宮船出から三日目に入っていた。

雨は上がったが、風も波も相変わらず大きく吹き荒れていた。

夜明け前に半六から冷たい握りめしをもらって食した海次はオヤジに呼ばれて遠眼鏡を渡された。

「蟬で見張りやな」

「あと二刻もすれば海賊船が出没する石廊崎沖に差し掛かるやろう。江戸の内海に入るんは上手《うま》くいって今日の夕方かなあ」

「二晩と半日で走りきることは無理やったな」

海次の残念そうな言葉に弥曽次が、

「寛政二年の早走りと同じになるんは風具合、波具合が格別にようなければ無理や。一番手の記録の三日と半日で品川沖に着けば上々吉やで」

弥曽次が幾たびか口にした予測を繰り返した。

「沖船頭は、一番手の浪速丸をどこで捉えるつもりなんや」

「もはや浪速丸は石廊崎沖に接近しとろう。となると今日じゅうに捉えたいなあ」

沖船頭の疾風の辰五郎は、石廊崎沖で浪速丸を掴まえたかったはずだということを海次は知っていた。沖走りの海が沖船頭の予測を超えて荒れていたことが三井丸の快走を阻《はば》んでいた。

もっとも、新酒を積んだ新酒番船十五隻のどの気候条件も、沖流しに遭った備後丸一隻を除《のぞ》いてほぼいっしょだ。となると沖船頭の腕に勝負がかかっていた。

オヤジに頷いた海次は波と雨に打たれた主帆柱を慎重に登り、蟬の定位置に座して命綱を結んだ。和船の蟬では海次のような真似はできない。主帆柱の頂、蟬は帆を上げ下げする滑車のことだ。滑車に跨るなどできないが、三井丸は和洋折衷の二本帆柱だ。海次が跨ることのできる「蟬」だった。

視界を北に転ずると伊豆半島が大海原に大きく突き出した陸影が浮かんだ。素人ながらなんとなく三井丸と岬の南端まで十数里はありそうだと思った。

沖船頭の辰五郎も楫取の梅之助も石廊崎に接近することなく相模灘に入ろうとしているのかと、海次なりに推測をつけた。

オヤジは西宮から江戸までの海図《かいず》を見せて新酒番船が走る海路を海次に教えてくれた。ために石廊崎がどの辺にあるのかもはや承知していた。

丹波杜氏一行は、すでに西宮の酒蔵樽屋を離れて今日あたり丹波道を篠山に戻っているのではあるまいか、とふと海次は思った。わずか数日前まで同じ百日稼ぎをしていた親父や兄さんや蔵人仲間から遠く離れた世界へきてしまったと気づいた。

蔵人の仕事と新酒番船での仕事はまるで違っていた。

（おれが選んだ途や）

と己に言い聞かせながら、兄さんと小雪の祝言は間もなく催《もよお》されるのだな、と海次は思った。

すると小雪と初めて出会ったときの篠山城下の祭礼の場が頭に浮かんだ。以来、どれほどの年月を小雪と過ごしてきたか。小雪を、

「義姉さん」

と呼ばねばならぬ違和感が、海次をこの三井丸の艫の上に座らせていると思った。小雪は最初から兄さんの嫁になる女であった、と己に言い聞かせた。そのことを忘れようと、海次は首に提げた遠眼鏡を駿河の内海に向けた。すると、一隻の番船が石廊崎の方角へと向かっているのが見えた。

艫の上で波間に揺れる番船を捉えるのはなかなか至難の業だが、海次はすでにそのコツを摑んでいた。ふたたび遠眼鏡の中に船影を捉えた。

角帆に大きく描かれた〇の中に、

の文字が染め抜かれていた。若くて眼がいい海次ゆえ八の字を読み取れた。

「八」

「沖船頭、本帆に○に『八』の字が染め出された新酒番船らしき船が駿河灘の沖合におるで」

との海次の叫び声に、

「江戸の廻船問屋八州屋の武蔵丸やな。あの船の先をうちら三井丸は行っとるんか」

と辰五郎が問い返し、

「へえ、こっちの船足なれば石廊崎沖をうちらのあとに通過することになりますやろ」

と海次が応じた。

操舵場で疾風の辰五郎と楫取の梅之助が顔を見合わせて笑った。

「密航人の蔵人見習め、早三井丸の見張りきどりやな」

と梅之助が苦笑いした。

見張りの居場所はふつう船首に置かれ、楫取の梅之助も舳先にいて船尾の操舵場に指示をすることが多かった。三井丸には、それに加えて主帆柱の「蟬」に新たな見張り所ができた。舳先よりも断然視界は広かった。

「楫取、これほど早く船に慣れた若い衆がいたか」

「おらへんな、あやつが初めて主帆柱を猿《ましら》のように登っていったとき、わしは魂消たわ。沖船頭、拾いもんやで」

「あやつが運を運んできたとしたら、うちが必ずや惣一番になるやろう」

「間違いなしや」

操舵場のそんな問答も知らぬげに海次は遠眼鏡を石廊崎の沖へと振った。

オヤジの弥曽次は、

「豆州の南端の石廊崎付近の海はな、船にとって難所や」

と教えてくれた。

「どうして難所なん」

「異人がパシフィコと呼ぶ大海原に突き出した石廊崎は、陸《おか》が複雑に入り組んでてな、大小の岩場が海に隠れとるんや。そのうえ、潮の流れも難儀でな、これまで何隻もの船が犠牲になったところや。蝉から石廊崎をよう見てみい」

海次はオヤジの言葉を思い出して遠眼鏡で探った。だが、まだ沖合の三井丸から遠いせいか、黒々とした岩場より岬を覆う緑の木々が眼についた。

陸には穏やかに春の陽射しが降っていた。

海次の遠眼鏡に別の船影がちらりと浮かび、消えた。揺れる船の主帆柱の上で、海次は一瞬浮かんで消えた船を探した。だが、なかなか捉えきれなかった。
新酒番船三日目の昼九つ半（午後一時）時分だった。

第四章　石廊崎の海賊船

一

「沖船頭、浪速丸を見つけたで。石廊崎沖で別の船が近づいていくわ」

蝉の上から海次の声が降ってきた。

「たしかに浪速丸か。別の船とはなんや、番船か」

と疾風の辰五郎が問い返し、三井丸の船上に緊張が走った。

海次は遠眼鏡で二隻の船を確かめた。

浪速丸と思しき新酒番船にひと回り小さな弁才船が横付けしようとしていた。その船には槍や斧《おの》や鉄砲を携えた面々が見え、浪速丸の航行を阻もうとしてか浪速丸に乗り移ろうとしている気配があった。

「沖船頭、海賊かもしれへん。手に手に得物《えもの》を持って浪速丸に乗り移ろうとしとるで」

海次の報告に船上が震撼《しんかん》した。

三井丸の沖船頭の疾風の辰五郎もしばし無言で沈思した。浪速丸が海賊に襲われたことは新酒番船三井丸にとって僥倖だ。大金のかかる争いにどの番船の沖船頭も、

「惣一番」

になることを強く求められていた。だが、海次の報告を無視すれば浪速丸の船乗り仲間を見捨てることになった。

短くも重い沈思のあと、

「楫取、石廊崎に向けい」

と厳然たる声音で辰五郎が命じた。

楫取の梅之助の返答には間があった。

海次は理解した。

このまま浪速丸が海賊船に襲われている石廊崎沖へと変針《へんしん》せず三浦へと予定の航路を辿《たど》れば、三井丸が十五隻の新酒番船の一番手に立つこともあるかもしれないと、素人の海次にも理解できた。だが、疾風の辰五郎は仲間の樽廻船が襲われている場に、

「急行せよ」

と命じていた。

「沖船頭、変針するで」

楫取の梅之助が応答した。

「急げ、なんとしても浪速丸を助けるんや」

と楫取ら乗組みの面々に厳しい口調で命じた辰五郎が、

「海次、蟬からよう見張っとれよ」

と告げた。

「合点だ、沖船頭」

海次はそう返答をすると蟬に携えてきた麻縄を主帆柱《おもばしら》の根元のすっぽんへと垂らした。

「オヤジ、弓矢をこの縄に結んでくれへんか」

すっぽんの柄に縛って固定した飛び道具を蟬に上げてほしいと願った。

「猪相手の杣の技《わざ》を海賊に披露《ひろう》しようというんか」

と言いながら水夫頭《オヤジ》の弥曽次が弓矢を手早くすっぽんの柄から解《ほど》いて、垂らされた縄に結びつけた。

「縄を引け、ばたつく帆綱《ほづな》にからめるな」

オヤジが命じ、海次は手際よく主帆柱の上の蟬に引き上げた。

すでに三井丸は轆轤と滑車を使い、舵《かじ》を動かして石廊崎に向かって転進していた。海次の体は右舷側に傾いたが、三井丸の蝉に両足を絡《から》めて抱え込み、命綱で腰を結んで船の揺れに耐えるコツを覚えていた。

「全帆の帆綱を引け、浪速丸のもとへ突っ走るんや」

と命ずる辰五郎に迷いはなかった。

船頭には二つの身分があることを、海次はオヤジから聞いたばかりで承知していた。

居《い》船頭と沖船頭だ。

居船頭は廻船問屋の主が船頭を兼ねていた。それだけに船での権力は絶大だ。一方の沖船頭は船主から雇われた船頭だ。当然、船主の意向を第一に船を動かさなければならなかった。疾風の辰五郎がいくら年季の入った老練な船頭とはいえ、沖船頭である以上、廻船問屋鹽屋《しおや》の船主からの命は絶対だ。こたびの新酒番船の目的は一つだけだ。どんなことをしても、

「惣一番」

を獲得する、そのために船主の鹽屋井三郎は千六百両の大金をかけて帆船三井丸を新造させていた。だが、疾風の辰五郎は仲間の浪速丸の危難《きなん》を救う途を選んだ。その命に、楫取もオヤジ以下全乗組みの者も黙って従った。それだけ沖船頭、疾風の辰五郎の人徳《じんとく》と技

量を信じていた。

すでに三井丸は三浦に直行する航路を外れ、北に向かって石廊崎沖を全帆を上げて猛進していた。

「おお、海賊がいよいよ乗り込むで」

と海次が叫んだ。

三井丸の船上では、半数の水夫たちが竹槍や、櫂《かい》を削って木刀《ぼくとう》にした得物をそれぞれ持って海賊との戦いに備えていた。残りの半数は本来の三井丸の操船作業に従っていた。

猛進する三井丸が一気に間合いを詰め、海次は駿河沖を石廊崎沖へと帆走する江戸の廻船問屋八州屋所属の武蔵丸の姿がないかちらりと確かめた。だが、駿河灘に武蔵丸の姿は見つけられなかった。

注意を浪速丸と海賊船へと戻した海次は、蟬に両足を絡めて帆桁《ほげた》に座したまま、弓に矢を番《つが》えた。

鉄砲を構えた海賊に狙いを定めてみたがまだ距離はあった。

もはや三井丸の主甲板からも海賊船の襲撃を受ける浪速丸の姿が眺められた。銃声が二発響いて、浪速丸から悲鳴が上がった。

「海賊め、鉄砲を持っとるで」

波間から浪速丸の水夫が叫ぶ不安の声が三井丸にも伝わった。その声を聞きながら辰五郎が、

「オヤジ、縮帆《しゆくはん》せい。船足を落とすんや」

「楫取、海賊船の左舷側に回り込め」

と次々に命を下し、海戦の場へと三井丸が突っ込んでいった。

和洋折衷の二千石船とはいえ、そう容易く回り込めるものではない。それでも楫取の梅之助は楫子《かじこ》を指揮して海賊船の向こう側へとなんとか回り込んだ。だが、浪速丸と海賊船の戦いの場からはまだ離れていた。

蟬の上の海次に鉄砲を構えた海賊の一人が見えた。次の瞬間、銃声が響き、浪速丸の操《そう》舵場《だば》にいた助船頭の脇腹にあたり、助船頭は悲鳴を上げて倒れた。

海次は鉄砲方が二人であることを確かめた。

昨夜から弓に矢を番えて海に向かって矢を放ってコツを呑み込んでいた海次は、風具合を確かめて、もう一人の鉄砲方に狙いを定めた。

波に押された三井丸が急に海賊船へと接近した。

その瞬間、海次は弦を離して矢を放った。二十数間《けん》（約三十～五十メートル）の波間の上を飛んだ矢が鉄砲の引き金を引こうとした海賊の背中にうまい具合に当たった。

「ああー」

という悲鳴が上がった。

「沖船頭、海次が鉄砲方を矢で射ぬいたで」

オヤジが疾風の辰五郎に叫んで知らせた。

「蔵人見習め、やりおるな」

と応じた辰五郎が、

「浪速丸の衆よ、助勢《じょせい》させてもらうで」

と叫ぶと海賊船の不意打ちに狼狽していた浪速丸の一統から歓声が上がり、

「おお、疾風の、ありがてえ」

と浪速丸の沖船頭初右衛門がさしこ着姿で長脇差《ながどす》の抜き身を振りかざして礼を述べた。

海次が次の矢を番えたとき、一番手に鉄砲を放った海賊が火薬と弾を銃口から入れ、突然現れた三井丸の艀にいる弓手の海次に狙いを定めた。

先に引き金を引いたのは海賊の鉄砲方だ。だが、三隻の船が寄り合い、波間に揺れる船上の主帆柱頂にいる海次の体は、右に左に揺れた。

銃声が響いた瞬間、船が左舷側に揺れて、艀に跨る海次が大きく傾いた。ために銃弾は、海次の体の傍らを掠《かす》めて石廊崎の岩場へと飛んでいった。

海次は、主帆柱が元へ戻るのを待ち、一瞬静止したところで矢を放った。鉄砲方が慌てて矢から逃げようとして鉄砲を海にとり落とし、

あっ

と叫んで波間を見たとき、矢が腹を射ぬいていた。

「おお、一番手の鉄砲方を大めし食らいが仕留めたで」

とオヤジが歓声を上げ、浪速丸からも三井丸からも歓声が上がった。

疾風の辰五郎は海賊船が五、六百石の菱垣廻船を改装したもので、乗組みの海賊は船頭や水夫らを除くと、二十数人と見た。浪速丸に三井丸を加えた戦方よりわずかに多いくらいの人数だ。

「海次、海賊に情《なさ》けをかけるんやない、弓の達人の腕前を見せたれ」

と鼓舞された海次は、

「合点だ、沖船頭」

と三本目の矢を番えて、海賊船から浪速丸へ乗り移ろうとしていた浪々《ろうろう》の剣術家風体に向けて矢を放った。狙いは外れたが、その傍らにいた海賊仲間の長刀《なぎなた》を持った浪人の太腿《ふともも》を射ぬいていた。

「おお、頭分の猪俣《いのまた》どのが矢で撃たれたぞ」

と剣術家風体が叫んだために、海賊側は急に劣勢《れっせい》を悟《さと》り、

「くそっ、退却じゃぞ」

一隻を狙ったはずが、新酒番船仲間の助勢が入り形勢が逆転したために、二隻の樽廻船に挟まれた海賊船が逃げ出そうとした。

急に活気づいた浪速丸が逃げ出そうとする海賊船の退路を断とうとした。

「浪速丸の、海賊どもを捕まえるより、わっしらには大事な仕事が待っとるわ。海賊らを好きにさせい。怪我人はどないやろか」

辰五郎が初右衛門を諭《さと》してそれを止めた。

三井丸が浪速丸に舳先《へさき》を並べて橋板が渡された。

三人が鉄砲で撃たれていたが、腕と脇腹の傷口を焼酎《しょうちゅう》で洗い、血止めをすれば命に別状はなかった。その他に数人、刀や手槍で傷を受けた水夫がいたが、江戸までの仕事に従事することができるほどの軽傷だった。

その場に半刻ほど留《とど》まった浪速丸と三井丸が航行再開をなすことになった。

海次は未だ蝉にいて、石廊崎沖の海上を見張っていた。海賊船が逃げ出して四半刻後、海次は沖合を江戸の廻船問屋八州屋の武蔵丸が通過していくのを見ていた。

「沖船頭、武蔵丸が追い抜いてくで」

との海次の報せに、

「行かせとけ。それが新酒番船の使命《つとめ》や」

との疾風の辰五郎の返答だった。その問答を聞いた浪速丸の沖船頭初右衛門が黙って頷いた。

浪速丸の怪我人、助船頭文次郎の血止めを娘と思しき一人が必死で行っているのを海次は見ていた。

そのことにはなにも触れず、三井丸の沖船頭の辰五郎に浪速丸の沖船頭の初右衛門が、

「疾風の、お陰様で海賊どもは追っ払うことができた。あとはわっしらが怪我人の手当を終えて新酒番船の争いを再開するだけや。先に帆を上げて三浦岬を目指してくれ」

と願った。

「初右衛門さん、西宮から江戸の航海、新酒番船の争いにはいろんな厄介ごとが付き物や。仲間の船が海賊船に襲われとるのを見て先に行けるもんか」

「三井丸のご一統はわっしらを助けて海賊を追っ払ってくれた。それで十分船乗り仲間の仁義は果たしていなさる」

「いや、海賊に襲われなければ、浪速丸が一番手に相模灘に突っ込んでいたはずや。怪我人の手当てを見届けて、まず浪速丸が先に碇を上げたらええ。わっしらは半刻後におまえ

さん方を追いかける」

初右衛門は、辰五郎の潔い言葉に驚きの表情を見せ、

「もはやおまえさん方が見て、承知のとおりや。うちの船は乗せたらあかん密航人を乗せてまった。それも女子をな」

「事情があってのことやろうな」

「ああ、おまえさんなら承知やろう。うちの荷主は大西屋省左衛門さんやとな」

「むろん承知や」

「大西屋の旦那は前妻のお秋さんに三下り半を渡して江戸に戻した。それもこれも妾から大西屋の正妻にとせがまれてのことや」

新酒番船の沖船頭ならばかようなことはだれもが承知していた。

「密航人は大西屋の旦那と前妻のお秋さんの間に生まれた娘御か」

「そういうことや。海賊の鉄砲弾を食らった助船頭の文次郎と、大西屋の跡継ぎの嘉一郎さんとは幼なじみなんや。この嘉一郎さんに文次郎が願われて、妹のお薫さんを長持に入れて船倉に潜ませたというわけや。文次郎は海賊に待ち伏せされて鉄砲弾を受けて怪我をしたんも、わしに無断でお薫さんを乗せたせいや、自分の咎《とが》やて言うとる」

「そうか、そんな事情があったんか」

と初右衛門に応じた辰五郎が声音を戻して、

「浪速丸の、わしの言葉を勘違いしたらあかんで。密航人の娘を乗せたのと、海賊船に襲われるような目に遭ったことに関わりはあらへん」

と言い切った。

むろん辰五郎のこの言葉は、浪速丸の乗組み全員に向けられていた。必死に助船頭文次郎の血止めをする娘を水夫たちは複雑な眼差《まなざ》しで見ていたからだ。

辰五郎が三井丸の艫先でオヤジの弥曽次と話す海次を指し、

「あやつが海賊の鉄砲方を蟬の上から弓矢で射ぬいた若い衆や」

と不意に話柄を変えた。

「おお、あの兄さんがいなきゃあ、わっしら浪速丸は海賊船にやられとったかもしれへんな」

「あの弓方はな、酒蔵樽屋の蔵人見習や。あやつもわっしらの知らないうちに三井丸のアカ間に潜り込んでいた密航人なんや。男と女の違いはあれ、樽廻船に乗り込んだ背景にはそれぞれ事情があると思わへんか。今じゃ密航人の娘さんがこうして怪我人の手当てをしとる。怪我人の代わりに浪速丸の立派な船乗りの一員や」

しばし初右衛門が沈黙し、

「なんと弓方も密航人か」

と呟いた。

「そういうことや。怪我人の手当てを終えたら、浪速丸がまず海賊に襲われる前のように
わっしらの先に帆を上げるんや」

辰五郎が繰り返す言葉を、今や浪速丸と三井丸の両樽廻船の船乗りたち全員が聞いてい
た。

「恩に着るで」

初右衛門が応じたとき、お薫が、

「船頭さん、文次郎さんの血止めは終えました」

と告げた。

しばし沈思した浪速丸の沖船頭が、

「よう聞け、これから新酒番船の再開や。江戸に一刻も早く着いて怪我人を医者に診《み》せる
で。それにや、まだ惣一番がどこの新酒番船と決まったわけやないからな、疾風の」

「ああ、これからが本気勝負の始まりやで」

辰五郎が答え、橋板を渡って三井丸に戻っていった。

「碇を上げい、帆を拡げい」

初右衛門の命が浪速丸の船上に響き、停船したままの三井丸を石廊崎の沖合に残して相模灘へ、三浦の岬を目指して遠ざかっていった。

浪速丸の沖船頭以下怪我人を省いた全員が三井丸に手を振って感謝を示していた。その中に密航人のお薫もいた。

「疾風の、三井丸も碇を上げてくれ。礼は改めて江戸で述べる」

と初右衛門が新酒番船の使命に互いに戻ることを願った。頷いた辰五郎は戦いに乱れた三井丸の主甲板を整理整頓することを水夫らに命じた。

浪速丸が去って半刻後、三井丸は帆走を再開する。主帆柱、前帆柱、さらにはヤリ出しを利用して張られた船首に二枚の弥帆《やほ》を加え、三井丸は沖合に戻って先行の番船を追いかけることになる。

相模灘の沖合を武蔵丸、浪速丸の二隻はすでに全速帆走していた。

大半の新酒番船がそれぞれ岬の南端に突き出した三浦の城《じょう》ケ島《がしま》を目指して最短距離で相模灘に入り込もうとしていた。

波はさほどでもなかったが風具合は順風とは言えず、決してよいとは言えなかった。それでも全船は死力を尽くして江戸の内海に達しようとそれぞれ沖船頭と楫取が選んだ海路を進んだ。

海次は停船中の三井丸で、汁と大根漬けで炊《かし》きの半六が停船中に炊いたあつあつの三杯めしを平らげて満足した。めしの最中にオヤジが炊き場に姿を見せて、

「海次、手柄やったと沖船頭が褒めとったで」

と告げた。

「海賊たちがごちゃごちゃ浪速丸に乗り込もうとしとった。そっちに向けて矢を放ったのに偶々《たまたま》当たっただけや」

「長いこと蟬で頑張っとったから、体も冷えとるやろうが」

「半六さんの炊き立てのめしと汁で体が生き返ったわ」

「海次、江戸の内海に入る浦賀《うらが》の瀬戸が最後の正念場になるやろう。少し体を休めとけ」

「船底にアカは溜まっとらんか。すっぽんを使うくらいおれにもできる」

「他の水夫にやらせとる。おまえのこれからの出番はな、三浦を回ったあたりやで。オヤジの命や、体を一、二刻休めとけ」

と弥曽次が海次に四斗樽の「神いわい」を積んだ水夫ノ間に行くように命じた。それでも海次が迷いの顔をしているのを見た半六が、

「海次、船じゃ目上の者の言葉は素直に聞くのが新入りの務めやで」

と言った。

「ならば少しだけ横にならせてもらおう」

と炊き場から水夫ノ間に入った海次が四斗樽の積まれた傍らの狭い隙間で綿入《わたい》れを被って横になった。

三井丸の揺れを感じていたのは一瞬だ。すとん、と眠りに落ち、夢も見ることなく寝入った。

二

丹波篠山は山に囲まれてあった。

丹波杜氏一行は天引峠《あまびきとうげ》などいくつもの峠を越えて丹波篠山が見えるところまで辿りついていた。

一行の先頭を行く頭司の長五郎の傍らに山太郎は並んで、篠山川の京口橋《きょうぐちばし》を渡ろうと考えていた。

「篠山に戻ったな」

と長五郎が倅に声をかけ、

「今年も百日稼ぎは終わったわ」

「おお、わしらは務めを果たした」

と山太郎が応じて、さらに問うた。

「三井丸は惣一番を摑んでくれるな」

「そう願っとる。せやけど、沖船頭の辰五郎さん方の頑張りを祈るしかわしら丹波杜氏にはできへん」

「親父、こたび、江戸からの早飛脚を西宮で待たんで篠山に戻ってきたのは、おれの祝言のためか」

「それもある」

「というと他に考えがあってのことなんか」

山太郎の問いに長五郎は嫡男の顔を見たがなにも応じなかった。

「海次は篠山に戻っとらん」

代わりに山太郎が言い切った。

「なんでそう言えるんや」

小声で話される親子二人の問答は他の蔵人には聞こえなかった。

「海次は篠山に帰ってきいへん」

山太郎の言葉に長五郎がまた倅の横顔を見た。

「なにか承知なんか」

「海次は三井丸に潜り込んどる」

なにっ、と驚きの声を発した長五郎が足を止めかけて思い直し、反対に足の運びを早めた。その父親に追い付いた山太郎が小雪から西宮に届いた文について語った。

「海次は、樽廻船に乗り込んだんか、そのために四斗樽運びをなしたか」

「そうや」

「なんのためや」

「海次は蔵人より親父の造った酒『神いわい』を江戸に届ける新酒番船に乗り組みたいそうや」

長五郎はしばし無言で歩いていた。

(やはりそういうことか)

と長五郎は思った。案じていたことが当たった。もし西宮浦に残っていて、江戸から書状が届き、海次の所業が明らかになったら、そして海次の行いが惣一番を獲得できなかった原因だと書かれていたら、丹波杜氏の代々の職は失われる。もしその場にいたとしたら、長五郎はいたたまれないと思った。だが、このことを嫡男の山太郎にも言えない。

親子の問答がなんとなく険しいと察した一行は、丹波杜氏頭司の四代目と跡継ぎの二人からさらに間を開けた。

「小雪さんが書いてきた海次の曰くはそのようなもんやった。せやけど、わしは海次の真意は違うところにあると思うとる」

無言の長五郎に言い添えた山太郎の視界に京口橋の袂《たもと》に立つ小雪の姿が見えた。


「オヤジ、仲間の新酒番船の難儀を救うのはどの船もやることとなんか」

わずかな休息で体力を回復した海次がオヤジに改めて尋ねた。

「うちの三井丸が惣一番を取れず、この話を知ったとしたら、酒蔵の樽屋も廻船問屋の鹽屋もカンカンに怒るやろな。疾風の辰五郎さんが来年の沖船頭になることはあらへんやろう」

と答えた。

「浪速丸を助けようとしたのは沖船頭辰五郎さんの判断と言うんやな」

「われ、江戸の武蔵丸がうちらの危難を横目に相模灘に突っ込んでったと言わんかったか。新酒番船の船頭やったら、あれが尋常な判断や。何千何万の金子がかかった勝負やからな、他の船の不運は、己の幸運というわけや。もはや三井丸は惣一番をとるしか生き残る途はないで」

「武蔵丸、浪速丸が先に相模灘に入ってってたで。三井丸は西宮を出たときとほぼ同じ三番手やな」

「海次、わしらの先を走る樽廻船が二隻と決まったわけやない。沖合を先行する樽廻船が他にいても不思議やないで」

「そりゃ、難儀やな」

海次は言葉を失った。

「新酒番船の勝負は、最後の最後まで分からへん。浪速丸とて怪我人を抱えての江戸の内海入りや、半刻の差なんぞはあってなきがごときもんやで」

とオヤジが言い切り、

「もっとも三井丸が惣一番を取る証もないわ」

「そんとき、辰五郎さんは沖船頭を辞めさせられるんか」

「そんな呑気《のんき》な話やないで。海次、おめえの親父は丹波杜氏の頭司やったな、おめえが潜り込んだことが知れれば、おめえも樽廻船の船乗りになることはできへん。廻船問屋鹽屋では雇ってくれへんことは確かやや」

「ううん」

と己の今後も丹波杜氏長五郎一族の今後も、三井丸の惣一番獲得にかかっていることが改めて分かった。

「オヤジ、浪速丸に乗っとった娘はどうなるん」

海次は怪我人を手当てしていた娘が気になって尋ねた。

「密航人の娘とて決して許されへんやろう」

「必死で鉄砲弾を受けた若い衆の血止めをしとったで」

「鉄砲弾を受けた怪我人はな、廻船問屋津國屋の次男坊や。助船頭をしとるのは、沖船頭の初右衛門の跡継ぎ修業や」

どの船の水夫頭も物知りだった。

初右衛門は津國屋の雇われ沖船頭だ。一方、助船頭の文次郎が初右衛門の跡継ぎになれば廻船問屋の直系の居船頭になる。

「あの娘にな、わし、見覚えがある。酒蔵大西屋の娘さんや」

「荷主の娘がなぜおれのように樽廻船に潜り込んだかなあ」

「ええか、ここからは当て推量や。大西屋の跡継ぎ嘉一郎さんと娘のお薫さんは前妻さんの子や」

「前妻ということは嘉一郎さんとお薫さんのおっ母さんは身罷られたんか」

「そうではない。大西屋の旦那が妾の意を聞いてな、前妻さんを追い出したんや。酒蔵や廻船問屋の間ではよう知られとることでな、またこの妾というのが評判悪い。わしの推量やが、お薫さんは江戸に戻ったおっ母さんに会いたくて浪速丸に乗り込んだのではないやろか。となると、樽廻船に潜り込むにはおめえとは違った策が要るで。おそらく仲間がおるんやろう。なにしろ荷主の娘やからな」

海次はようやく浪速丸に娘が乗り込んでいた経緯を承知した。

「海次、おめえには、同じ密航人の娘を気にかけとる余裕はないで、最前も言うたが新酒番船の本気勝負はこれからや」

「石廊崎から三浦までどれほど距離があるんや」

「まっすぐに走って二十六、七里（百二～百六キロメートル）かなあ。相模灘は伊豆の岬と大島《おおしま》、さらには安房《あわ》の岬に囲まれた大きな内海と思ったらええ。三浦を回って浦賀の瀬戸に入ったあたりで三井丸が何番手を走っとるか、三井丸が惣一番になるかどうかはそれ次第やな」

と弥曽次が応じたとき、操舵場で異人の時計を見ていた沖船頭の辰五郎が、

「オヤジ、全帆を上げい」

との夜間の全速航行の命を下した。

「おお、おめえが生き残るかどうかの仕事が始まるで」

「オヤジ、おれだけではあらへんのやな、惣一番にさだめを託《たく》したのは」

「口だけは一人前やな」

「蝉に上がるか」

「いや、すっぽんで船底のアカの汲み上げや」

「承知した」

海次は帆桁を上げた主帆柱の下のすっぽんの柄に取りつき、作業を始めた。

三井丸の碇と帆が轆轤と滑車を使って迅速に上げられ、舳先を石廊崎沖から東に向けた。

西宮を出て三日目の夜が始まろうとしていた。


おなじ刻限、丹波篠山では篠山川の岸辺に山太郎と小雪が佇《たたず》んでいた。

丹波杜氏の長五郎一行は篠山の酒問屋に百日稼ぎが終わって戻ってきた挨拶に行っていた。だが、小雪の姿を見た山太郎は長五郎に、

「小雪さんに海次の話を聞きたい」

と曰くを述べて一行と別れていた。

山太郎は海次が篠山に戻っていないことを小雪から改めて聞き知った。

「小雪さん、弟は新酒番船に潜り込んだて思うてええな」

と最前から幾たび目だろう、同じ問いを繰り返していた。

「山太郎さん、うちが海次さんからもらった文は短いもんやったわ。その内容はすでに山太郎さんに文に認めて送ったわね」

「ああ、読んだ」

と応じた山太郎は胸にわだかまる本心をなかなか口にできないでいた。

「山太郎さん、なにを迷っとるの」

と小雪が反対に質した。

「う、うん」

「胸の中に疑念があるんやったら言うて」

「疑念なんてない。ただ、海次が蔵人になるより新酒番船に潜り込んで水夫になろうて決心したのは、わしが関わっとるんやないかと思うとるんや」

「どういうこと、山太郎さん」

「海次と小雪さんは幼なじみ、わしよりもなんでも承知の間柄や」

「そんなこと、兄さんの山太郎さんはとくと知ってうちと夫婦になると決めたんやないの」

「そうや」

「それがなんで今ごろそんなことを言うの」

「弟は、海次は、小雪さんを義姉さんと呼ぶことに耐えられなくて、樽廻船に許しもなく乗り込んだんやないかて思う」

こんどは小雪が沈黙して考え込んだ。

海次の短い文に迷いがあることを小雪は察していた。それでも海次は小雪が実兄の山太郎の嫁になることを承知した。それをこの期《ご》に及んで海次も山太郎も勝手過ぎると小雪は思った。

「うちの気持ちはどうなるん」

「小雪さんの気持ちか」

山太郎の返答には戸惑いが感じられた。

「山太郎さんも海次さんも勝手や。うちを互いに押し付け合ってるんやないの」

「そんなことはないで。わしは長いこと小雪さんに関心を寄せとった。だから、海次に許しを得て、そなたに嫁になってくれと申し込んだ」

「山太郎さん、なぜうちに直に言わなかったん。なぜ海次さんの許しを得なければならないの」

「そなたらが約定をしとるかと思ったからや」

「うちは兄弟の間の貢《みつ》ぎ物やないわ。人間や、心を持った娘や。二人して勝手過ぎる」

しばし間を置いた山太郎が、

「すまん」

「すまんて、なんや。そんな詫びの言葉を言わないで」

小雪は山太郎がただ一言、

「好きだ」

と言ってくれればそれでよいのにと、二十日後に祝言を控えても小雪の気持ちや海次の行動を斟酌《しんしゃく》し、迷いを口にする山太郎を見た。

「山太郎さん、うちでは祝言の仕度がすべて整っとるわ」

「親父が新酒番船の結果を西宮浦で待つことなく篠山に戻ってきたのも祝言の準備を気にかけてのことや、小雪さん」

「明日になれば事が進むわ。うち、こんな気持ちで山太郎さんとの祝言を迎えたくない」

山太郎は小雪から一番恐れていた言葉を聞いて、どことなくほっと安堵した。

（これでええのかもしれへん）

と思った。

「分かった」

「分かったってどういうこと」

「祝言やけど、しばし先に延ばしてもらおう」

と山太郎が応じた。

「先に延ばしてどうするん」

「小雪さん、わしも考える、そなたも得心の行くまでわしとの祝言を考えてくれへんか」

(分かったわ)

という言葉を小雪は胸の中で吐いた。

「家まで送っていこう」

「ええわ、うちは近くやし。山太郎さんは酒問屋に挨拶に行くのが礼儀やろ」

と言い残した小雪は篠山川の流れの音を聞きながら河原町の家へと戻っていった。


すっぽんの柄を上下させながら宵闇の中に大きな島影が浮かんでいるのを確かめた。未だ新酒番船の密航人の、水夫でもない海次はその島影が、

「伊豆大島」

ということも知らずただ眺めた。

海次は丹波杜氏の一行が篠山に戻ったと確信した。

兄の山太郎と小雪が会えば、改めて両家が話し合い、如月の吉日に二人の祝言が催されるだろう。

(おれがもはや篠山に戻ることはないやろう)

と海次は思った。

三井丸に密かに乗り込むことはおれが選んだことだ。密航人がなんとか生かされているのも沖船頭の辰五郎の判断でしかない。

もし三井丸が惣一番を取れなければ、浪速丸が海賊に襲われるのを見てその場に駆け付け、助勢して海賊船を追い払った沖船頭の、

「明日」

はあるまいと水夫頭の弥曽次が言い切った。

となれば海次もまた三井丸の水夫にはなれないということだ。なんとしても三井丸が江戸の内海品川沖に先頭で着かねば、海次の行動も無駄に終わる。そればかりか新造の新酒番船のさだめとてどうなるか分かるまい。

弥曽次は海次に、

「廻船問屋の鹽屋の旦那井三郎さんはよ、沖船頭の辰五郎はんの発案に乗って二千石の和洋折衷の三井丸を肥前の長崎の造船場で造ったと言うたな。鹽屋の樽廻船は、このところ

二番手三番手が続き、鹽屋としては起死回生の手立てとして辰五郎さんの考えに千何百両もの大金を工面《くめん》したんや。新造帆船三井丸で惣一番が取れなければ、ここだけの話やが廻船問屋鹽屋は潰れる」

と三井丸をめぐる廻船問屋の懐具合まで漏らした。

「なに、鹽屋は店仕舞いか。この三井丸はどうなるんや」

「どこぞの廻船問屋に売り払われるやろうて。ケチのついた三井丸の乗組みのわしらは新たな廻船問屋に雇われることはないやろな」

と弥曽次が言い切った。

なんと三井丸が惣一番を取れなければ廻船問屋の鹽屋が潰れ、三井丸も手放されることになるという。そうなればこれまでの鹽屋の荷主、酒蔵の樽屋も厳しい商いに直面するだろう。丹波杜氏の頭司長五郎と蔵人は来年の仕事は諦める事態に追いやられるかもしれないということだ。

海次は愕然《がくぜん》とした。

(三井丸が惣一番になるにはどうすればええんか)

なんとしても勝ってもらわねばならないと思った。

すっぽんの傍らからいったん姿を消していたオヤジが海次のもとへと戻ってきた。

「オヤジ、三井丸が惣一番になるためにおれがやれることはなにかないか」

と海次が願ってみた。

「なに、水夫見習にもなってへん厄介者が、沖船頭の思案するようなお節介を考えよるか、分を心得よ、海次」

と弥曽次は言ったが言葉ほど機嫌は悪くないようだった。

「われは主帆柱上の蟬に上がって大揺れしても船酔いも感じへんことと、大めし食らいが芸やな」

「弓も使えるでえ」

海次はここぞと売り込んだ。

「おお、忘れとった」

弥曽次がしばらく思案していたが、

「われ、山歩きは得意やな」

と質した。

「おお、子どもの折から山に入っとった。猪なんぞに負けへんくらい崖だろうが山道だろうが駆け回れるで」

「走りは速いか」

「オヤジ、おれの相手は人やない、山の獣や。オヤジは水夫ゆえ海には詳しいやろけど、猪や鹿がどれほど速く走るか知らへんわな」

「知らんな」

と応じた弥曽次が、

「わしら、三井丸に三日三晩揺られ続けとるやろう。そんなわしら船乗りが浜に上がるんや、ふらふらしてしばらくはまともに歩けんで」

「オヤジ、おれは浜を駆け出してみせる」

「伝馬は漕げたな」

「川舟の櫓さばきや。海は勝手が違うけど漕げんことはないわ」

「密航人のおまえに頼ることはないやろう。まあ、その折はわしが沖船頭に相談する」

とオヤジが応じた。だが、海次には自分になにをさせようというのか、さっぱり見当もつかなかった。

再び独りになった海次は、東風《コチ》を帆に受けながら時速四海里（約七キロメートル）で大島沖を間切り航行で進む三井丸の懐に抱かれ、心地よい気持ちになっていた。

三

沖船頭疾風の辰五郎は、豆州の岬と大島の間の相模灘を海路に選ばなかった。なんと、三井丸の航路を大島の東側にとり帆走するように楫取の梅之助に命じていた。

梅之助は、その命に驚きもしなかった。辰五郎の経験と勘を信じていたからだ。なによりも三井丸が未だ力を秘めていると考えていた。

三浦の城ヶ島へ向かって北東に帆走する武蔵丸、浪速丸の他に二隻の新酒番船が三井丸の前を順調に進んでいた。

夜半に大海原を横目に大島の東の沖を通過した三井丸は真北に向かって転進した。

風が変わり、追い風を受けた三井丸の船足が急に上がった。

海次はすっぽんを操作して船底のアカを汲み出しながら、これまで経験したこともない疾風に乗った三井丸の船足を体で感じていた。

「どうや、蔵人見習、船の乗り心地は」

と炊き方の半六が握りめしを届けにきて尋ねた。

「まるで波間を飛んでいるようや」

「うちの沖船頭が疾風の辰五郎と呼ばれる所以《ゆえん》や。夜にパシフィコを航行して三浦の真東に三井丸を持ってくるなんて沖船頭のだれにもできへんわ。辰五郎さんだけの力技や。せやけどな、驚くのはこれからやで」

「なにを今さら驚けっていうんや、半六さん」

「夜明けになれば分かるで」

と言った半六が姿を消し、海次は握りめしを食いながら片手ですっぽんを押し続けていた。

和船仕立ての樽廻船ではいくら沖乗りに慣れた船頭とはいえ、大島の東の沖を抜ける海路を選ぶ者はいなかったようだ。

夜間のパシフィコを航行することが危険と隣り合わせと承知していたからだ。ゆえに辰五郎を除いた沖船頭は伊豆の岬と大島との間の相模灘を選んだ。

七つ（午前四時）過ぎの刻限か、パシフィコが白んできた。すると三井丸の右側に長い陸影がうっすらと見えた。

「あれはどこや」

と独り言を漏らす海次にオヤジの声が答えた。

「房州《ぼうしゅう》洲崎《すのさき》から鏡《かがみ》ヶ浦《がうら》や」

「ボウシュウか」

と応じたものの海次にはボウシュウがどこにあるのか見当さえつかなかった。

「目指す三浦はどこにあるんか」

「海次、すっぽんはもうええ。よう地道に頑張ったな。蝉に上がってみい。真北に見えるのが三浦や」

と命じたオヤジが、

「海次、わしらは西宮浦を出て以来まともに眠ってへん。ええか、注意して柱を上がれ。ちっとでも油断するとおめえの体は船の揺れに振り落とされて大海原の藻屑《もくず》になるで、浜に上がる前に死にたくはないやろ」

と険しい口調で注意した。

「分かった」

素直に忠言を受けた海次は両の掌《てのひら》でバチバチと頰を叩き、疲れと眠気を吹き飛ばすと主帆柱に取りついた。

三井丸の蝉に上がって帆桁に跨り、定位置に体を固定した海次の視界に房州の海岸線と三浦の南端が見えて、二つの岬の間に瀬戸が口を広げていた。

「おお、あれが三浦やな、オヤジ」

海次はまだ主甲板にいる弥曽次に左側の岬を指して問うた。

「おう、二つの陸地の間が浦賀の瀬戸や。これから三井丸は瀬戸に突っ込むから、船が激しく揺れるわ。艀から振り落とされへんようにしっかりと摑まっとれ」

「オヤジ、合点承知したで」

と応じた海次の背から春の陽射しが差し込んでくる気配があった。

西宮浦を出て三晩が過ぎ、四日目を迎えていた。

三井丸は順風を二枚の本帆と舳先の弥帆にはらんで浦賀の瀬戸へと突っ込んでいった。

途端に船足が緩《ゆる》やかになった。


そのとき、相模灘を行く江戸の廻船問屋八州屋の武蔵丸は、強い北風と複雑な潮流に難儀していた。

「沖船頭、後ろから浪速丸と、どこぞの樽廻船が追ってくるぞ」

と見張りが叫んだ。

「間合いはどれほどか」

と沖船頭の無月《むげつ》が問い返した。

「三里（約十二キロメートル）かなあ」

「わしらがなんとしても一番手で浦賀の瀬戸を抜けて江戸の内海に入る。内海に入ればわしらの庭じゃ、上方の樽廻船なんぞに負けんわ、負けたらいかん。なんとしても江戸の樽廻船が初めて惣一番を取るぞ」

沖船頭無月が武蔵丸の乗組みの面々に宣告し、

「おー」

と呼応する叫び声が返ってきた。

一方、浪速丸の沖船頭の居室、狭《はさみ》ノ間では海賊らに受けた傷のために二人の水夫が横になっていた。

「もう少しで江戸の内海に着くわ、頑張って」

とお薫が二人の水夫を励ました。二人はどちらも鉄砲弾を脇腹に受けた助船頭文次郎ではなかった。

夜明けが近づいたころ、文次郎は、

「どこを走っとるか見てくる」

とお薫に言い残して狭ノ間を出ていった。だが、文次郎はなかなか戻ってこなかった。

半刻が過ぎたとき、

（どうしたんやろか）

と不安になったお薫は、

「待っとってね、すぐ戻る」

と二人の水夫に告げて、主甲板に出た。

すでに日の出を迎えていた。どこにおるんやろか、と船上を見回すと操舵場に文次郎が立っていた。

「怪我をしとるんよ、休んでなきゃあかん、文次郎さん」

「お薫さんの手当てが効いた。前を行く武蔵丸に三浦までになんとか追いつくと沖船頭ら一同が頑張っとる。なんとしても浦賀の瀬戸に入る前に武蔵丸を追いぬく、それまでわしは操舵場にいるで」

青い顔の文次郎が険しい表情で応えた。

浪速丸は酒蔵大西屋が造った新酒「姫はじめ」を積んで新酒番船の争いに加わっていた。大西屋はお薫の生家だ。文次郎は廻船問屋津國屋の次男坊だ。海賊の鉄砲弾を食らった文次郎は、なんとしても浪速丸を惣一番に導いて、大西屋を喜ばせようと無理をしていた。

お薫は浪速丸の先を行く武蔵丸を見た。間は二里かそこいらだろう。

「文次郎さん、大丈夫なん」

「おお、傷はうずくけど仲間に迷惑はかけられへん」

文次郎は操舵場を離れるつもりはない覚悟を繰り返した。

「江戸まであとどのくらい」

「今日の夕暮れまでにはなんとしても着きたい」

と文次郎は答えると舵棒の身木《みき》を握った、というより寄りかかった。

武蔵丸が三浦の城ヶ島沖を先に通過し、剣崎《つるぎざき》を横目に浦賀の瀬戸の入り口に差し掛かった。背後一里半（約六キロメートル）のところに浪速丸が迫っていた。

「よう聞け、うちが一番手に江戸の内海に入った。なんとしても品川沖に一番手で乗り込むぞ」

武蔵丸の主甲板からの再びの沖船頭無月の言葉に配下の者は鼓舞され、

「おおー」

と最前より大きな喚声で応えた。

そのとき、疾風の辰五郎が指揮する三井丸は、すでに浦賀の瀬戸を一気に通過し、江戸の内海に入っていた。

長崎でオランダ帆船を参考に建造された和洋折衷帆船は、二本の帆柱に張られた縦帆と、舳先のヤリ出しを利用しての二枚の弥帆、さらには船尾の艫帆が風を有効に拾い、波を切り裂いて品川沖へとまっしぐらに向かっていた。


この朝、小雪の生家の旅籠に、丹波杜氏の長五郎と跡継ぎの山太郎の二人が姿を見せた。

「おお、長五郎さん、百日稼ぎ、ご苦労やったな」

小雪の父親の貴左衛門《きざえもん》が親子を迎えた。だが、その顔には険しい表情があった。

「なんとか無事に戻ってきました」

と応じた長五郎の傍らで親父を見倣い、山太郎が貴左衛門に会釈《えしゃく》をした。だが、言葉は全く発しなかった。その様子を見た長五郎が、

「貴左衛門さん、本日は詫びに参りました」

「山太郎さんと小雪の祝言のことやな」

「へえ。お察しでしたんか」

「察するもなにも小雪から祝言を延期すると、昨晩いきなり言われましてな、面食らっとりますわ」

「わしも篠山に戻ってくるまで二人の祝言のことしか考えてなかったが、家に戻った折に

山太郎に、『親父、わしらの祝言を先延ばしにしてくれへんか』と告げられてな、ただ驚いて『わけを言え』と質しても、『それはしばらく待ってくれ』の一点張りで、わけが分からんのや」

「長五郎さん、そりゃ、私もいっしょですわ。二人は喧嘩《けんか》でもしたんやろか」

と貴左衛門が長五郎に問い返した。

そのとき、茶菓を運んで小雪と母親のおみねが座敷に入ってきた。長五郎に会釈をした小雪が、

「うちら、喧嘩なんかしてまへん」

とだれにともなく答えた。

「小雪さん、山太郎と喧嘩もしとらん。ならば、祝言を延期にするわけはなんや」

「山太郎さんに訊いてください」

「なに、山太郎、おまえが言い出したことなんか、祝言の先延ばしは」

長五郎が跡継ぎの嫡子を睨んだ。

山太郎は親父の問いにしばし間をおいて、

「お互い二人の祝言についてもう一度考えたほうがええと思たんや」

「山太郎、この期に及んでそんな話を貴左衛門さんとおみねさんに願えるもんか。他に曰

くがあるんやったら言え」

怒声を押し殺した長五郎が山太郎に迫った。

「貴左衛門さん、おかみさん、申し訳ない。せやけど、わしら二人のことで曰くなど他にない」

とぼそぼそと告げた山太郎に小雪が、

「うちら二人のことではないわ。海次さんに関わりがあることよね」

と口をはさんだ。

「なに、海次が関わることか」

長五郎が小雪と山太郎に、問いただすというより独白《どくはく》するように呟いた。

「おまえさん方の祝言に海次さんが関わっとると言うん。ならば海次さんをこの場に呼んでください、長五郎さん」

とおみねが願った。

「おみねさん、海次は篠山に戻ってへん」

「どういうことや、長五郎さん」

との貴左衛門の詰問に、
ふうっ

と大きなため息をついた長五郎が、

「新酒番船が西宮浦を出る前夜から海次が姿を消しよった。その曰くを山太郎から昨日、篠山に戻る道中に聞かされましたんや」

「どういうことですやろか」

「貴左衛門さん、海次は新酒番船に潜り込んで江戸へと向かっとると思えるんや」

「な、なんやって。海次さんは江戸でなにをする気や。いや、なんで海次さんの行いと二人の祝言が関わりあるんや」

貴左衛門の視線が山太郎に向けられた。

「お父《とつ》つぁん、樽廻船に密かに乗り込むことを最初に海次さんから知らされたのはうちや」

「なに、小雪は知っとったんか」

「西宮郷から海次さんが文をくれて、篠山には戻らへん、祝言の席に出ることはできへんと知らせてきたんや」

と前置きした小雪が山太郎に海次の文の内容を知らせたことを説明した。

「わけが分からへん」

長五郎が呟いたが、この呟きにだれもなにも応じようとはしなかった。

無言のときが流れた。

「ご一統様、わしが小雪さんを嫁にしたいと真っ先に相談したのは弟の海次でした。弟はその折、驚いていたようでしたが、後日には兄さんやったらと快諾《かいだく》しました」

「そうです、だから二人の祝言が整ったのではありませんか」

おみねが山太郎の言葉に応じたが、なにかを言いかけて口を不意に閉ざした。

「どないしたんや、おみね」

「海次さんは、小雪となにか約束事をしていたんですか」

と山太郎を見た。だが、山太郎も小雪も首を横に振った。

「なんの約束もしてまへん、おっ母さん」

と小雪が言い、山太郎が、

「おかみさん、弟の本心は正直兄のわしにもよう分からへん。おかみさんが申されるような幼なじみの小雪さんとの約束などあらへんと思います。ただ弟は小雪さんに未練があることにあとで気づいたんかもしれへん。いや、蔵人の暮らしより樽廻船に乗り組みたかっただけなんか。弟が小雪さんに出した短い文では察しがつかへんから、小雪さんも弟にもらった文の内容を西宮郷のわしに知らせてきたんやと思います」

「山太郎さんはその時からうちとの祝言をどうすべきか悩んできたんやね」

小雪が質した。その問いに頷いた山太郎が、

「夕べ、小雪さんは、わしら兄弟がどっちも小雪さんの気持ちを考えてへんと非難なされたな。その非難は兄のわしが甘んじて受けよう。せやけど、小雪さん、わしも弟も決して小雪さんの気持ちをないがしろにしたわけやない。どこのだれよりも大事にしてきた。このことだけは分かってくれへんか」

と山太郎が小雪に乞うた。

「およそ事情は分かりました、長五郎さん」

おみねが応じて、

「わしは未だよう分からん」

と貴左衛門が呟いた。

「新酒番船は蔵人見習が潜り込んで許されるような船やない。海次さんが樽屋松太夫さんの酒蔵とは関わりのない樽廻船に潜り込んだとしたら、たちまち海に放り出されてもなんの文句も言えん。新酒の売り上げを左右する新酒番船の争いや」

「えっ、海次さん、海に放り出されるん」

「おお、小雪さん、そういうことや」

「だって人ひとりの命やで」

「新酒番船には一年間の売り上げがかかっとる。何万両ものな。そのために新酒番船の船頭以下水夫たちも命を張って江戸に向かって昼も夜も走っとるんや。新造番船の航海を素人の海次が邪魔をしたとしたらどないなると思う、小雪さん」

と長五郎が言い、姿勢を改め、

「貴左衛門さん、おみねさん、小雪さんにお願いがある。こたびの新酒番船の結果が数日後には西宮郷に知らされてくるやろう。もしかして、その早飛脚に海次の所業とどう始末されたかが書き添えられとるかもしれへん。それまでこの話、待ってはもらえへんか。二人の倅が犯した所業の責めはわしが負う」

と言い切り頭を下げ、山太郎も父親に倣った。

四

船頭の居室狭ノ間に文次郎がよろよろと入ってきた。お薫が驚きの眼差しで見て、

「無理をするからまた血が出たんやないの、ここに寝て」

とまるで年上の娘のような口調で文次郎を傍らに寝かせた。

「傷口を見せて頂戴《ちょうだい》」

「おれは大丈夫や」

「怪我人やで、言うことを聞きや」

と厳しく命じたお薫が文次郎を横にしてさしこ着を広げ、腹帯を巻いた傷口を見た。白布が赤く染まっていた。

「ほら、見てみいや。血が出とるやないの」

腹帯を解くと傷口から新たな血が滲《にじ》み出ていた。

お薫は狭ノ間に用意されていた焼酎で傷口を消毒し、化膿《かのう》止めの塗《ぬ》り薬を塗ると文次郎を起こし、新しい腹帯を巻いた。

「お薫はいくつや」

「十四やけど」

「しっかり者やな」

「うちが長持に隠れて浪速丸に乗り込んだから、そんなこと言うん」

「あれはお薫の兄さんとおれが手を組んだゆえできたことや。お薫が江戸に行くのはおっ母さんに会うためやな」

お薫が頷いた。

「兄さんは文次郎さんにうちが船に隠れて乗った曰くを言わなかったん」

「ちらと聞いたけどな。それにしても新酒番船の船倉に乗り込んで十四の娘が船旅するんはなかなか勇気が要ることやで。お薫は今のおっ母さんとは気が合わんのか」

文次郎がお薫に質した。

「文次郎さん、わたしのおっ母さんは一人しかいてへん。他のおっ母さんなどどこにもいてへんわ」

と言い切った。

母親のお秋を離縁《りえん》して江戸に戻し、酒蔵大西屋の正妻に収まった妾お代の言いなりになる父親の省左衛門が、お薫には許せなかった。後妻《うわなり》のお代とお薫が口も利かない間柄ということは、幼なじみである嘉一郎から文次郎はしばしば聞かされていた。

ある折、文次郎は嘉一郎に質した。

「嘉一郎、おまえはどないや、お代さんと話ができへんか」

「文次郎、あの女と気が合うのは親父だけやわ。いんや、親父も若いお代に惚れた弱みで眼が見えなくなっとるだけやろな。お代は、あの女は内心では親父も虚仮《こけ》にしとるかもしれへん。ましておれら兄妹を身内と思てもない」

と大西屋の嫡男が言い切った。

「お代さんの狙いはなんや」

「大西屋の金やろ」

と応じた嘉一郎が、

「文次郎、頼む。お薫を江戸のおっ母さんのもとへ届けてくれへんか。廻船問屋の倅のおまえしか頼む者はいてへん。なんぞ騒ぎが起こった折は、おれがすべて責めを負う」

しばし幼なじみ同士は視線を交えた。そして、文次郎が、

「おまえはお薫といっしょに江戸に出る気はあらへんのか」

「おれもお代と同じ屋根の下には住みとうはない。せやけど、おれが家を出てみい、お代は必ず自分の弟を大西屋に入れて跡を継ぐように企てよるで。最前も言うたけど、酒蔵とうちの金が狙いや。おれはそれだけはさせとうない。おれが伊丹に残る曰くや。その代わり、なんとしてもお薫を江戸に届けてくれへんか」

と嘉一郎が最後に願いを繰り返した。


「文次郎さん、さっきわたしがしっかり者と言ったわね。おっ母さんがいなくなって、独りで何事もするようになったんや。あの女子の言いなりになりとうないんや」

お薫の言い分を聞いた文次郎が、

「お秋さんの実家は、江戸新川《しんかわ》の下り酒問屋だったかいな」

「杉葉屋《すぎはや》と聞いたけど、新川がどこにあるんかよう知らへん」

お薫は江戸の知識もなく新酒番船に乗り込んだのだ。

「お薫、新川はな、江戸の内海へと流れ込む隅田川《すみだがわ》（大川《おおかわ》）河口《かこう》につながる堀の一つでな、上方の下り酒の問屋が軒を並べるところや。おれが必ずお薫をおっ母さんのもとへ届けたるわ。もはや沖船頭もおまえの事情は承知しとる」

文次郎の言葉に頷いたお薫が、

「今日じゅうに江戸に着くやろか、おっ母さんに会えるやろか」

十四歳の娘の口調に戻って問うた。

「最前浦賀の瀬戸で江戸の武蔵丸を躱《かわ》したからな、夕方前に着くはずや」

「浪速丸は惣一番になれるやろか」

「海賊に襲われた折、三井丸が助けてくれたな。沖船頭の疾風の辰五郎さんはわしらを先に行かせてくれた。半刻あとに三井丸が追ってくるはずやけど、船影がよう見えんのや」

「浪速丸が一番やな」

お薫が同じ問いを繰り返した。

「なんにしても三井丸がな、気にかかる」

「相模灘は内海みたいなもんやて、三井丸が相模灘を走っているならば必ず眼に留まると、水夫の一人に聞いたわ」

「おお、豆州の東海岸と伊豆大島の間を走るのが海路は短いし、波も穏やかや。およそどこの新酒番船の船頭衆も最短の航路を選ぶで」

と応じた文次郎は、三井丸の奇策《きさく》を気にかけていた。

辰五郎が大島の南の大海原パシフィコを独り帆走し、波に乗って一気に浦賀の瀬戸に入る大賭けに出ることを。千何百両もの金子を使った新酒番船建造には惣一番がかかっていた。どんな危険を冒しても疾風の辰五郎は荒業《あらわざ》を企てるのではないか。

文次郎は、海賊に襲われた浪速丸を助けたあと、辰五郎が浪速丸を半刻先に行かせた意図を考えて迷っていた。

「惣一番になったら、うちの酒蔵も文次郎さんの廻船問屋もお祝いやね」

「その折は、お薫、伊丹に戻る気はあらへんか」

文次郎の問いにお薫が首を横に振り、

「うちはおっ母さんのもとに残るわ。あの女子のいるうちには帰りとうない」

と言って、

「文次郎さん、なにも食べてへんやろ。炊き方になんぞ作ってもらうわ。少し横になって休んでや」

と背伸びした大人言葉に戻したお薫が狭ノ間を出ていった。

大海原パシフィコに捕らわれた廻船問屋万屋の備後丸では、四方どちらを向いても陸影一つ見えなかった。

沖船頭安兵衛じいは、甲板に積んであった四斗樽を遠州灘沖に投げ込むハネ荷までやったが船は沖流しに遭い、パシフィコのただなかに流された。

風は凪《な》いでいた。

「楫取、動きがつかんか」

操舵場の身木、舵棒に無益《むえき》に手を置いた楫取の寛吉《かんきち》に安兵衛じいが話しかけた。確たる返答を望んでのことではないのは両者とも承知していた。

「無風や、どうもこうも足掻《あが》きがつかん、沖船頭」

「待てば海路の日和ありか、待つしかあらへんな」

「沖船頭、わしらが惣一番になることはないやろな」

「おお、今年の新酒番船の惣一番は無理やな。代わりに異国が見られるかもしれへん」

何か月にもわたって漂流を続けたのち、異国の海岸に辿りつくかもしれないと安兵衛じいは言っていた。

「異国で四斗樽の酒が売れるんかなあ」

と寛吉が呟いた。

「さあてなあ、わしは未だ異国人に会《お》うたことがないからわからん」

新酒番船の中で一番年季が入った千石船の操舵場で老練な沖船頭と楫取が問答しているのを水夫たちが不安げな顔で聞いていた。

「安心せえ、安兵衛じいが楫取の寛吉さんにあんな冗談話をしとるときは風を待っとる証や。あと一、二刻もすれば風が吹いてこようで」

備後丸の水夫頭《オヤジ》の宮吉《みやきち》が若い水夫たちに言った。

「オヤジ、波に乗ってえらく東まで流されたで。江戸に着けるんか」

「風次第やな。順風が吹くことを八百万《やおよろず》の神様に願うしか手はないわ」

「八百万の神様の力がこの大海原で通じるんか」

「さあてなあ。わしらは甲板の荷も海に捧げたわ、どこの海神さんも酒好きやとええがなあ」

とオヤジと水夫らがこちらも目途の立たない問答を繰り返していた。

備後丸の舳先で見張りに立った楫取が、
うむ

と東の海を見た。

「安兵衛じい、真東風《マコチ》、いや、東北の風が吹いてきたで」

「よし、楫取、わしらは江戸に辿りつけるかもしれへんわ。オヤジ、海と帆と舵に酒を捧げんかい」

「おお、とっておきの西宮郷の酒を海神さんに飲んでもらうで」

本帆が風を孕《はら》んだ。

この二日余り、パシフィコのただなかに漂っていた備後丸が帆走を再開した。

「沖船頭、風に乗って東北に突っ走るで」

「おおー、江戸に向かえ」

と沖船頭の安兵衛の返答に力が籠った。


摂津伊丹の酒蔵大西屋では主の省左衛門の座敷に嘉一郎が呼ばれた。そこには省左衛門の弟の継之助《つぎのすけ》もいた。

「嘉一郎、おまえ、お薫が継之助の家におると言うたな。継之助は家にお薫が姿を見せたことはないて言いよるで。どういうことや」

父親の詰問に嘉一郎は、即答できず口を閉ざして叔父《おじ》を見た。

「嘉一郎、四日前にうちに連れていったと兄さんに言うたそうやな、どういうこっちゃ」

叔父の継之助がなんとなく嘉一郎の魂胆を推量したように顔を見た。

「お薫を預けたんは朋輩《ほうばい》の家か。おまえ、廻船問屋津國屋の次男坊とは幼なじみやな。津國屋に預けたんか」

弟の言葉に兄の省左衛門が、

「廻船問屋にお薫を預けるとはどういうこっちゃ、嘉一郎」

「わしは津國屋にお薫を預けてへんで。文次郎は番船に乗っとるけど」

「ならばどないした、若い娘が四日も家にいてへんとはなにがあったんや。いや、どこにお薫はおるんや」

父親の怒りに震える声に嘉一郎はなにか言いかけて止めた。隣座敷に後妻のお代が聞き耳を立てていることを嘉一郎も継之助も察していた。

「兄さん、お薫とお代さんとはうまくいっとるんか」

継之助が小声で尋ねた。

「どういうことや。わしら、身内やで」

と応じた省左衛門に、

「親父、うちにはもう身内なんかだれ一人いてへんわ。お薫が家を出た曰くははっきりしとるやろうが」

「どういうこっちゃ、嘉一郎」

「親父、まだ分からへんのか。お薫がこの家を出た理由《わけ》に気づかんのか」

「嘉一郎、おまえの言うことは分からへん」

と父親が倅を睨んだが、嘉一郎も睨み返した。

(お薫の覚悟に比べれば、なんのことはない)

いずれいつの日か、この一件で親父と対決せねばなるまいと考えてきたのだ。

「兄さん、お薫はおっ母さんが恋しゅうなったんと違うやろか」

継之助が隣座敷を気にしながら囁いた。

「母親はいとるやないか」

「後妻さんやない、お秋さんのことや」

「お秋は江戸に戻った」

「おっ母さんは戻ったんやない。親父が離縁状をおっ母さんに突き付けたんと違うか、妾の言うんを信じてな」

「なんや、その言い方は。親に向かって言う言葉か」

と省左衛門が立ち上がり、こぶしを固めた。

「親父、殴るなら殴りい。おれもこの家を出ていくからな」

と嘉一郎が決然と言い切った。

省左衛門はぶるぶる震えながら倅を正視していた弟に視線を移した。

「兄さん、身内と言うんやったら、嘉一郎やお薫の気持ちを考えたことがあるんか。兄さんは後妻さんと子どもたちがうまくいっとると考えとったんか」

継之助が兄に小声ながら詰問した。

省左衛門は予期せぬことながらどこか胸の底に沈潜《ちんせん》していた想いを実弟や倅から指摘され、動揺しながらも、

「なに、嘉一郎やお薫の気持ちがわしら夫婦から離れとったというか」

と自問するように呟いた。

「兄さん、大西屋の奉公人の言動が変わったことに気づかへんのか。お秋さんは少なくともお店《たな》の奉公人一人ひとりをしっかりと承知してたで」

「お代は知っとらんというんか」

「番頭をここに呼んでみい、真《まこと》の話が聞けるかどうかやってみい」

隣座敷からお代が乱暴に立ち上がり、遠ざかっていく足音が聞こえた。

省左衛門は初めてお代にこの話を聞かれていたことを悟り、おろおろした。

「親父、お薫がどこにおるんか気がかりやないんか」

と嘉一郎が質した。

「どこにおるんや」

「江戸のおっ母さんに会いにいった」

「馬鹿をぬかせ。江戸は遠いわ。娘一人で行けるもんか、大井川もあれば箱根の関所もあるわ」

と応じた省左衛門が不意になにかを思いついたように口を閉ざした。

「嘉一郎、おまえ、新酒番船にお薫を乗せたんか」

と叔父が父親に代わり質した。

叔父の問いに首肯した嘉一郎が、

「ほんとうはおれも一緒に行きたかったわ」

と言い切った。

「おい、嘉一郎、本気やないやろな。廻船問屋の津國屋の浪速丸にお薫を乗せたなんてことないな、そんなことはできへん。新酒番船にはうちの身代《しんだい》がかかっとるんやで。それに新酒番船の浪速丸に女を乗せるなんて、津國屋の親父さんに言い訳もできへん」

と省左衛門が自問自答した。

「親父、おっ母さんがいなくなって、お薫があれほど悩んでいたことに気づかへんかったんか。叔父貴が言うように酒蔵の雰囲気も昔と違《ちご》うとるわ」

と嘉一郎が父親を正視した。

省左衛門は嘉一郎とは視線を交えず、黙り込んで考えを整理しようとしていた。継之助が、

「嘉一郎、どんな手を使《つこ》うて新酒番船に妹を乗せたんや」

と質した。

「叔父貴、助船頭の文次郎に助けてもろうたわ」

「やはり津國屋に願ったんか」

「叔父貴、津國屋の親父さんは知ってへん。沖船頭の初右衛門さんもこの一件なにも知っとらん」

「なんてことや」

と省左衛門がぼそりと呟いた。

「親父、よう聞け。文次郎はおれが最初に相談を持ち掛けたとき、断った。廻船問屋の次男坊の文次郎は、新酒番船がどれほど大坂の人間にとって大事か、よう承知しとるわ。最後にお薫が『うち、江戸行の途中で見つかり、海に投げ落とされてもかまへん。もう伊丹

の家には戻らへん』と涙ながらに文次郎に訴えたとき、文次郎も、『お薫の気持ちもよう分かる』と言うて承知してくれたんや」

と嘉一郎が経緯を語り、

「他人の文次郎が廻船問屋の習わしを破ってまで、それも新酒番船に長持を持ち込む手伝いまでしてくれたんやで。今ごろお薫が海に沈んでいたとしても不思議やない、うちが沖船頭方に文句をつけるなんてできへんわ。親父が親父の務めを果たしとればこんなことにはならへんかった」

と言い添えた。

「叔父貴、おれもこの家を出る」

「江戸に行く気か」

「いや、伏見《ふしみ》か、灘五郷の酒蔵で働かせてもらう」

と言うと立ち上がった。

「待て、嘉一郎」

「止めるな、叔父貴」

「浪速丸に乗り込んだお薫の面倒を助船頭の文次郎はんが見とる。お薫が死んだと分かったわけでもなし、一つだけ手立てがあるかもしれへん」

と継之助が言った。

「なんや、手立てとは」

「浪速丸の沖船頭は初右衛門はんやったな。漢気《おとこぎ》のある船乗りや。娘が乗っていたのを見つけたくらいで、海に放り込むもんかい。荷主の娘やで。嘉一郎、浪速丸が惣一番になってみい、廻船問屋津國屋の旦那も許してくれるんやないか。そのことを見届けてからおまえがこの家を出るか出えへんかを決めても遅うない」

と諭すように懇々と説得した。

第五章　浜走り

一

江戸の内海は江戸前《えどまえ》と称され、伊豆諸島《しょとう》が点々と浮かぶパシフィコから房総《ぼうそう》と三浦の岬に囲まれる浦賀の瀬戸で振り分けられた。内海は、南北に細長く奥行きは十二里（約四十七キロメートル）強に及んだ。さらに波静かで水深はおよそ百尺（約三十メートル）から百六十尺（約四十八メートル）と浅かった。

西宮浦を出て、熊野灘に出ると荒海が待ち構え、さらには遠州灘、駿河沖のパシフィコ、相模灘と風雨と高波に揉まれて航海してきた新酒番船は一転、江戸の静かなる内海において最後の戦いを演ずることになる。

三井丸の舳先《へさき》に楫取《かじとり》の梅之助が立ち、浦賀の瀬戸の北口を眺めていた。

「楫取、どんなふうや」

と操舵場《そうだば》から疾風の辰五郎が声をかけた。

「疾風の、安房寄りを走って富津岬《ふっつみさき》を回り込むのがええやろう」

よし、と楫取の判断を受け入れた辰五郎は、身木《みき》を手にした楫方に命じて南から西へと回り込む潮の流れに三井丸を乗せた。

風まで穏やかで、三井丸の二枚の縦帆《たてほ》もヤリ出しから前帆柱《まえばしら》に張られた弥帆《やほ》もだらりとたわんでいた。

海次は主帆柱《おもばしら》の蟬《せみ》に跨り、浦賀の瀬戸の複雑な潮の流れを見ていた。だが、にわか水夫《かこ》の海次は潮の流れが読み切れなかった。

三井丸は内海に入るための浦賀の瀬戸をゆっくりと潮の流れに乗って進んでいた。

海次はこの数日で使い慣れた遠眼鏡で浦賀の瀬戸に突き出た岬を眺めていた。それが観《かん》音崎《のんざき》と呼ばれる岬であることを海次は知らなかった。

現在ではこの観音崎から三井丸が目指す富津岬の北側を江戸前、東京湾と呼ぶ。

海次は外海の荒々しさから一変した内海の、春の陽射しを浴びた光景を眺めていた。

ふと三井丸の背後、三浦の東端の剣崎へと体を捻って遠眼鏡を向けた。三井丸の背後を脅《おびや》かす新酒を積んだ樽廻船の姿が見えないかと思っての動作だった。

だが、外海の相模灘には新酒番船の姿は一隻もなかった。

(当然や)

とにわか水夫は思った。

沖船頭《おきせんどう》疾風の辰五郎は最短海路の相模灘を通ることなく、大島沖の大海原パシフィコを抜けて一気に江戸の内海の入り口、浦賀の瀬戸に到達したのだ。

沖船頭も楫取もオヤジも、

「わしらの前に一隻の新酒番船もあらへん」

と確信していた。

浦賀の瀬戸に入り、船足が落ちても操舵場が悠然としているのはそのせいだ。

「オヤジ、長閑《のどか》やな」

海次は蟬の上から主甲板《しゆかんぱん》に佇む弥曽次に声をかけた。

「富津の岬を回り込めばもはや惣一番は三井丸に決まりや」

「富津から品川沖までどれほどあるん」

「十里(約三十九キロメートル)あまりかなあ」

「風が吹けば、一刻半(約三時間)か」

「一人前の口を利くようになったな。われの始末は江戸で決まるわけではないで。西宮の樽屋と鹽屋《しおや》の旦那の肚次第ということを忘れたらあかん」

「おお、忘れてないで。その前に三井丸が惣一番になることが先決やろ」

「密航人の蔵人見習が操舵場にえらそうな口を利きよるんか」

「おれは当たり前のことを言うただけや」

オヤジと海次の問答を三井丸の船上にいる者たちが聞いていた。

問答する二人にもその問答を耳にする者にも緊張感は感じられなかった。三井丸の乗組みのだれもが江戸前の海に、品川沖に一番で到着することを信じて疑っていなかったからだ。

「海次、外海をもう一度確かめい」

オヤジに命じられた海次は再び背後に遠眼鏡を向けた。

外海も穏やかに見えた。そして、船影一つ見えなかった。

「見えんなあ」

と言いながら海次が遠眼鏡を動かしたとき、波間に角帆《かくほ》が見えた。

「おお、樽廻船やろうか、波間に帆が光って見えるで」

「新酒番船か」

「待ってくれ、オヤジ」

海次は和洋折衷帆船の三井丸の艫、正しくは帆桁《ほげた》に跨り直し、遠眼鏡を沖へと向け直した。波間に帆を見つけられなかった。ゆっくりと遠眼鏡を動かしていると、白い帆が見えた。

「オヤジ、津國屋の浪速丸かもしれへん、間違いない。石廊崎で海賊に襲われた浪速丸が三井丸を追ってくるで」

「どれほど沖合におる」

「そうやな、十里かなあ」

オヤジが操舵場の辰五郎を見た。

「相模灘を過《よ》ぎってきたんや、この刻限で不思議はないやろう。ようもわしらの眼につくところについてきた」

と答える辰五郎の声にも余裕があった。

「疾風の、富津岬を回り込むで」

と舳先にいて潮目を確かめていた楫取の梅之助が操舵場に報告した。

「よし、わしらが江戸前の海に一番手に入り込むで」

と応じて三井丸の舵が動き出した。

海次は艫の上でぽかぽかとした春の陽射しを浴びていい気持ちになっていた。帆桁に座して、ついうとうと居眠りをした。

不意に小雪の幼顔が浮かんだ。


「うみ兄さん、なにをしとるん」

幼い折、小雪は海次のことをうみ兄さんと呼んでいた。

「見てわからんか、船に乗っとるが」

「船に乗ってどこに行くん」

「江戸や」

「江戸へなにしに行くん」

「親父が造った『神いわい』を新酒番船で運んどるんや」

「えっ、うみ兄さんは蔵人や、船のりと違うやんか」

幼い小雪が海次に質した。

「篠山は山ばかりや、おれは広々とした海が好きや」

「うみ兄さんは海が好きやて、うちはどないしよう」

「どないもしようもないで。小雪はおれの兄さん、山太郎と祝言をする身やろが」

「だれがきめたんや、うみ兄さん」

「そりゃ、兄さんと小雪やろうが」

「小雪は知らへん」

「知らへんやって、もう決まったやろが」

と応じた海次は小雪と一緒に見た影絵芝居の子狐が小雪と重なった。

「小雪、おまえ、子狐なんか」

「こぎつねなんかやない、小雪や、かわら町の小雪や」

「小雪なら、もう立派な娘やろうが」

「もう、娘や。うみ兄さんは小雪がきらいなん」

「きらいも好きもないわ。おれたちは幼なじみやで」

「幼なじみはいっしょになれんの」

「おまえには山太郎兄さんがおるわ」

「だれがきめたん」

と幼い小雪がふたたび海次を咎めたとき、

「海次、江戸前の海に入ったで。よう見とれ、六郷川《ろくごうがわ》の流れを見落とすな」

とオヤジの声が海次の居眠りを、夢を断った。

「おおー」

狼狽を隠した海次が遠眼鏡を三井丸の前方に向けた。が、なにが映っているのか、どこへ遠眼鏡が向けられているのか、海次には見当もつかなかった。

この三晩、まともに横になったのは一度だけ、それも半刻ほどだった。あとはすっぽんの柄を上下させながらとろとろと眠っただけだった。その疲れのせいで、不覚にも蟬の上で眠り込んだ。それは海次だけではない、三井丸乗組みの沖船頭以下水夫、炊《かし》きにいたるまで不眠不休で新酒番船を進めてきたのだ。

海次は遠眼鏡を外して肉眼でまず富津岬を確かめ、その対岸の観音崎を確認した。

そのとき、一隻の船影が眼に入った。篠山の山歩きをして眼がいい海次でなければ肉眼で船影を見つけることはできなかったであろう。

角帆を前後に二枚張った樽廻船だ。角帆はときに船乗りにはマトンボと呼ばれた。

(あんな船を西宮浦で見かけたやろか)

海次は遠眼鏡をかざすと樽廻船を捉えた。

角帆の蟬に、

「新酒番船」

の幟が棚引き、西宮の廻船問屋早船屋《はやぶねや》の屋号、

「はやぶね」

と帆の一角に染め出されていた。

(なんと、三井丸の先に新酒番船がいた)

「沖船頭、大変や、三井丸の先に二つ帆柱の樽廻船が走っとるで」

海次の叫びは三井丸の船上に響きわたり、一瞬沈黙のあと、

「たしかか、念を入れて見い」

といつもより早口の疾風の辰五郎の声が問い返した。

「沖船頭、帆の左隅に『はやぶね』の字が染め出されとるで。それに」

と海次が遠眼鏡で確かめた。

「角帆の前にもう一枚小さな角帆が広がっとるな」

「なに、早船丸はマトンボをつけて二枚帆にしとるんか」

辰五郎は、早船丸が最初に江戸の内海に入った理由を察したように言った。

「なんと、早船屋の沖船頭め、ここんところ付き合いが悪い思うてたら、早船丸に二枚マトンボなんか細工をしやがったんか」

とオヤジが漏らした。

新酒番船が速さを競うために船を改装し、そのことを秘密にするのは当然のことだった。

新造帆船に乗るオヤジに非難する権利はなかった。だが、自分たちより前に樽廻船がいる

という予期せぬ出来事に口にしただけのことだ。

「海次、早船丸はどこにおる」

辰五郎が冷静さを取り戻し、尋ねた。

「三井丸の対岸や」

「浦賀あたりか」

オヤジが訊いた。

「オヤジ、おれは浦賀がどこか分からへん、三井丸より先にいることは確かや。おれの務めは六郷川の河口を見つけることやな」

「海次、もはや、おまえが六郷川の河口を見つけるのはどうでもええ。それより早船丸はわしらに気づいとるふうか」

「沖船頭、待ってくれ」

海次は遠眼鏡で見直した。

早船丸も無風と穏やかな海に船足を上げられないでいた。だが、新酒番船の一番を確信しているのか、船全体に緊張した気配はなかった。

「沖船頭、おれの勘やと、こっちのことは気づいてへんようや」

「よし」

と自らを鼓舞した辰五郎が舳先にいる楫取に、

「梅之助、風は吹く気配はないか」

「いや、つい今しがた南東風《ハエコチ》が安房の山から吹きおろし始めたで」

「よし、オヤジ、全帆のゆるみを確かめるんや。全帆航海で早船丸を追い越すで、わしらがなんとしても一番で品川沖に着く」

と宣言し、

「おおー」

と怒号が呼応した。

三井丸に緊張が走り、たった一つの目標、惣一番獲得に向かって緩やかな風を受けて帆走を始めた。

海次は遠眼鏡で早船丸の動きを確かめていた。確かめながら廻船問屋早船屋の樽廻船が積んでいる新酒が酒蔵木曽中次郎右衛門《きそなかじろうえもん》方の「夢あずま」であることを思い出していた。西宮郷で「神いわい」と「夢あずま」は別の丹波杜氏が造る酒であり、何事にも競い合ってきた。

遠眼鏡の中の早船丸船上の水夫らにこれまでと違った動きが走るのに海次は気づいた。乗組みの全員が所定の位置に就いたのだ。

「沖船頭、早船丸がこちらに気づいたで」

「大めし食らい、よう気づいた」

と褒めた疾風の辰五郎が、

「早船丸と三井丸は、江戸の海のそれぞれ西と東の海岸に分かれて走っとる。風は安房の山からの吹きおろしや、神はわしらに味方されたわ」

と一同を鼓舞した。

新酒番船の一番手と目《もく》されていた三井丸と全く下馬評《げばひょう》にも上がらなかった早船丸が江戸前の到着点品川沖に向かって船足を上げた。

肉眼で早船丸の動きが確かめられるようになった。

船足はハエコチを受けた三井丸が全帆に風を受けて快走している分、だんだんと早船丸を追い詰めているように思えた。

「よし、早船丸が見えたで」

と舳先にいた楫取の梅之助が言い、

「沖船頭、早船丸が一里ほど先行しとるわ」

と言い添え、承知したと辰五郎が答えた。

「海次、蟬から下りてこい」

とオヤジが命じ、おお、と返事をした海次は一本柱を下りて主甲板に戻った。

「海次、わしが最前渡したまっさらの赤ふんどしを締め込んどるな」

「おお、締めとるわ。この形《なり》ですっぽんの操作か」

「いや、おまえには別の務めがある」

「おれにできることか」

「三井丸が惣一番になるかどうか、おまえの運にわしらは賭けた」

「なにをするんや」

「沖船頭の辰五郎さんと相談し、新入りのおまえが『切手』を品川の浜に届ける役を務めるんや。篠山の山歩きが役に立つかどうか見てみようやないか」

と告げた弥曽次が操舵場の辰五郎を見た。

「疾風の、こやつに『切手』を託してええんか」

「オヤジ、こたびの航海やが、わしらが新造帆船三井丸に慣れん分、密航人の蔵人見習に助けられたことは確かや。惣一番勝負をこやつの運に託そう」

と沖船頭が言い切った。

江戸の内海の中で先を行く二枚角帆の早船丸と、同じく二枚縦帆の三井丸の差は、いつの間にか半里と迫っていた。

早船丸は神奈川《かながわ》沖を六郷川の河口に向かって走り、三井丸は木更津《きさらづ》沖の江戸前の海を斜めに北西に向かって早船丸を追いかけていた。

「海次、海が茶色にうすく濁《にご》っとるところが見えるか」

「見えるで、オヤジ」

「六郷川が江戸前の海に流れ込む河口や。東海道《とうかいどう》の一番目の品川宿《しゆく》は六郷川河口の左岸にある。その沖に新酒番船を迎える船が無数待ち受けとるのが見えてくるようになるわ」

とオヤジが品川浦の方向を指した。

海次はオヤジの指した先に早船丸が視界を塞《ふさ》ぐように走っているのを見た。

新酒番船の到着点は品川浦に設けられているのだ、と海次は分かった。だが、その前になんとしても早船丸に追いつき、追い越さねばならなかった。

「海次、もはや四里を切っとろう。早船丸との差は半里足らずやけど、内海の風と波ではこの半里を一気に詰めるのは難しい」

「手はないんか」

「疾風の腕と勘が頼りや」

とオヤジが応じたとき、

「真北に舵を切れい」

との辰五郎の命が三井丸に発せられた。

そのとき、先行する早船丸からいったん遠ざかる命を沖船頭の辰五郎が発した。三井丸の乗組みの者はその命に無言で従った。すると沖合に西宮浦で見たと同じような舞台が設けられて、立会人が新酒番船を何日も前から待ち受けているのが微かに見えた。だが、間切りを繰り返す三井丸から見定めるのは難しかった。

「楫取、品川浦に舳先を向けい」

疾風の辰五郎は早船丸を左舷側に見て、操舵場から未だ見えない品川浦の舞台に向かって転進させた。この転進策が効を奏して一気に早船丸まで六、七丁（約六百五十〜七百六十メートル）まで詰めていた。

江戸前の海に、新川の酒問屋を始めとした見張り番を乗せた船が何十艘も待ち受けていた。

「おお、西宮の早船丸と三井丸の競い合いじゃぞ」

「三井丸、それ行け」

「早船丸、負けるな」

と声を嗄らして見張り番が叫んでいた。

「オヤジ、おれの務めは未だか」

海上の賑やかな出迎えにも海次の問いにも応えず六郷川河口の左岸の品川浦を見ていたオヤジが、

「品川の日和山は御殿山《ごてんやま》や。見えるか」

とオヤジが海次に確認させた。

「江戸は内海やな、内海にも日和山はあるんか」

「新酒番船の船頭やったら、だれもが内海の潮の流れを御殿山から眺めて承知や。疾風の辰五郎さんは、御殿山を目標に間切りを繰り返したんや」

とオヤジが言い、

「御殿山の沖合に舞台があるのが見えるか」

と海次に尋ねた。

「見えた、見えるで。西宮浦の沖にあったと同じ舞台や」

「あそこが新酒番船の終点やで」

そのとき、海次にはこの四日三晩の航海が何年も続いたように思えた。そして終点がさらに何年も先まで続く錯覚《さっかく》を持った。そんな己を海次は叱咤《しった》した。

(うちが、三井丸がなんとしても勝つ)

御殿山にも新酒番船の到着を祝う幟がいくつも風になびき、沖合の舞台にも大漁旗《たいりょうばた》が飾られて二隻のどちらが先に到着するか、かたずをのんで見守っていた。

二

刻限は七つ（午後四時）前か。

「海次、さあ、こい。われの出番や」

オヤジが海次を船倉への階段を下りて艫下の海口《カイノクチ》に連れていった。そこには水夫らが、伝馬船をいつでも下ろせる態勢で待ち構えていた。

「海次、筒袴《つつばかま》とさしこ着を脱いでふんどし一丁になりい」

「なに、ふんどしで泳げというんか」

「ばか抜かせ。黙って脱ぐんや」

海次は筒袴とさしこ着を脱ぎ捨て、赤いふんどし姿になった。するとオヤジが赤鉢巻きを出して、

「鉢巻きを締めい」

と命じた。

「三井丸が勝ったか、それとも早船丸が先に着いたか」

「まだ勝負はついてへん。海次、一度しか言わへん。よう聞け。伝馬が下ろされたら浜に向かって遮二無二《しやにむに》櫓を漕いで浜に乗り上げい。ええか、この『切手』を口にしっかりと咥えていけ。浜上の廻船問屋に新酒番船の幟が立っとるですぐに分かる、そこへ駆け込め。酒問屋と、樽廻船問屋の旦那衆が待ち受けとられるわ。羽織袴の世話方に『切手』を先に渡したほうが惣一番や」

「なに、番船が先に品川浦に着いたほうが勝ちやないんか」

「違う。『切手』を少しでも先に江戸の世話方に渡すんや。世話方が受け取った時点で惣一番の新酒番船が決まるんや」

「分かった」

と海次は請け合い、オヤジが懐から出した「切手」を海次の口に咥えさせた。

そして、最後に沖船頭の疾風の辰五郎の命を海次に伝えた。

「分かったな」

口に「切手」を咥えた海次は首肯した。

三井丸の帆桁が下ろされる気配がして、碇が投げ込まれた。

同時に海口から伝馬船が下ろされ、海次が波間に揺れるその艫に飛び乗った。

「ほれ、蔵人見習、櫓を握れ」

「棹《さお》をさすで、密航人」

と水夫たちが口々に鼓舞しながら、海次の乗った伝馬を棹で突いて三井丸から離した。

海次は櫓を握ると、ぐいっと江戸の内海に入れた。その視界に先を行く早船丸の伝馬の漕ぎ手が見えた。

品川の海をよく知った老練な水夫の彌助《やすけ》だった。早船丸の伝馬はすでに半丁（約五十五メートル）ほど先を行っていた。

「彌助、うちの勝ちは決まりや」

「三井丸なんぞは目やないで」

と早船丸の船上から仲間を鼓舞する声がした。

海次は相手の伝馬をしっかりと見ながら、鍛え上げられた両腕を使い、櫓を大きく漕いだ。ひと漕ぎでぐいっと浜へと近づいていった。

だが、相手の彌助もさる者だ、一向に伝馬の差が縮まらなかった。いや、少しずつ広がっていくのが海次にも分かった。海次は丹念に櫓をさしながら先を行く伝馬を追っていった。だが、差は開いていくばかりだ。

「海次、おまえのさだめがかかった櫓漕ぎやで」

三井丸からオヤジの声を嗄らした叫びが届いた。口に咥えた「切手」を落とさぬように黙々と櫓を漕ぐ、そのことに集中した。

いつしか海次はオヤジに声をかけられてアカ間を出たことを思い出していた。

以来、四日三晩、海次はまともな眠りも休息もとることなく、素人が初めての海の上での作業をこなしてきた。疲れていた、眠くもあった。だが、新酒番船に乗り組んだ全員がそれを覚悟で、戦ってきたのだ。

密航人にして新入りの水夫海次に沖船頭の辰五郎は最後の役割を託したのだ。

その信頼に応えるには口に咥えた「切手」を江戸の世話方に真っ先に渡すしか手は残されていなかった。

不意に小雪の顔が浮かんだ。

(祝言は済んだか、兄さんの嫁になったか)

おれはおれの途《みち》を行くことを選んだ。そのためにはこの役目を果たさねばならないのだ。

(南無《なむ》八幡大菩薩《はちまんだいぼさつ》)

と胸の中で唱えながら櫓を漕いだ。

相手は浜に近づいていた。

「勝ったぞ、早船丸」

「今年の春は『夢あずま』が惣一番じゃ」

という声とともに花火が打ち上げられた。

そのとき、品川の浜に打ち寄せた波の返しを食らった早船丸の伝馬が横向きになった。だが、老練な水夫は素早く伝馬を立て直し、再び浜に寄せると伝馬が浜に乗り上げぬ先から海へと飛び降りた。

その行動を見ながら海次はひたすら砂浜へと返しの波もものともせずに、まっすぐに突っ込んでいった。

海次の伝馬の舳先が浜に乗り上げた。

櫓を離した海次は伝馬の舳先へと走ると船から浜へと飛んだ。浜に着地した。顔を上げるとなだらかに砂浜が広がり、新酒番船の「切手」を受け取る廻船問屋の場所を示す幟が見えた。

海次は口から「切手」を摑むと手に持ち、浜を一気に世話方のいる舞台へと走り出した。伝馬から浜辺に飛び降りたせいで下半身が濡れていた。そのせいで走りが、足の運びが鈍かった。

彌助はすでに十五間（約二十七メートル）余先を走っていた。だが、二人の走りの勢いが違った。

幼いころから丹波篠山の山走りをしていた海次は砂浜を飛ぶように駆け、瞬く間に彌助に追いついた。

　悲鳴が浜からも早船丸船上からも上がった。

　三井丸ではオヤジが、

「あやつ、やりおったで、疾風の」

「おお、海次はわしらにとって運をもたらす男やで」

　と沖船頭の辰五郎が応じた。

　そのとき、先頭に立った海次は品川浜から最後の坂を上がり、東海道に出た。すると眼前に廻船問屋の幟が何本も立ち、羽織袴の世話人が扇子《せんす》を手に、

「こっちこっち」

　と海次を招いた。

「新酒番船の世話人さんですな」

　と海次は呼びかけた。

「おお、若い衆、わしが番船の世話人じゃ」

「西宮の廻船問屋鹽屋の三井丸の水夫見習です。ほれ、これが三井丸の『切手』です」

　と差し出すと悠然と受け取った世話人が白扇を広げ、一番札を海次に渡した。

「本年の初入新酒番船、惣一番は鹽屋の三井丸、『神いわい』と決まり申したぞ」

と宣告すると江戸の廻船問屋や酒問屋の旦那衆の間から、
わあっ
という歓声が起こり、花火が次々に打ち上げられた。

惣一番が決まった合図だった。

息を切らした二番手の早船丸の水夫彌助が「切手」を突き出して世話人に渡した。

「新酒番船二番手、同じく西宮の廻船問屋早船屋の早船丸、新酒は『夢あずま』と決まり申した」

と宣告し、悔しげな彌助が、

「おまえはどこかで見たことがある面やな」

と若い海次に質した。

「おれは、三井丸の水夫見習です。もとは酒蔵樽屋の丹波杜氏の蔵人見習ですわ」

「おお、思い出した。わしは蔵人見習の半人前に負けたんか、悔しいで」

彌助が潔く負けを認めたうえで悔しがったが、あとの祭りだ。

海次は世話人に注意を戻した。

「世話人さん、沖船頭辰五郎の言付《ことづ》けや。おそらく三番手に入ってくると思われる大坂の浪速丸は、石廊崎で海賊に襲われましてな、鉄砲や刀傷を受けた怪我人らが三人乗っとります、血止めだけをして帆走を再開しましたんや。辰五郎から、医者を浜に待機させてくれとの願いです」

「なに、浪速丸が海賊に襲われたとな。で、おまえの三井丸は見て見ぬふりして惣一番になったか」

旦那衆の一人が海次に文句をつけた。

「旦那《だん》さん、うちの沖船頭は疾風の辰五郎ですわ。むろんうちら三井丸が助勢して海賊船を追い払いましたからな、浪速丸は三番手を走っとるんです」

「おおー、ようやった」

と別の旦那がこんどは褒めてくれた。

新酒番船は惣一番になるのが格別な誉《ほま》れだが、三番手までに入ると江戸の酒問屋から番札がもらえた。だが、一番札を得ることがなによりの誉れだ。新酒番船には、大金がかかっていた。それだけにどんなことがあろうとも江戸へ走り続けるのが廻船問屋から受けた使命だった。にも拘《かかわ》らず三井丸は競争相手の危難を見過ごすことなく手助けして惣一番になったのだ。

海次は一番の番札を高く掲げて見せた。

大勢の人々から歓声が湧いた。

「世話人さん、それともう一つ話がある。荒れた熊野灘でよ、廻船問屋万屋の備後丸が沖流しに遭うて、江戸入津が遅れるかもしれへんとうちの沖船頭の言付けです」

「なに、備後丸が沖流しか。沖船頭は安兵衛だったな、なんとしても無事に江戸の内海に姿を見せることを祈ろう」

と世話人が言い、すぐに医者の手配をした。


惣一番が決まった三井丸には江戸新川の酒問屋の荷船が一気に群《むら》がり、新酒「神いわい」の四斗樽下ろしを始めていた。なかには小舟で直買《じきが》いにきた客もいた。

「江戸の衆よ、新川南河岸の酒問屋江戸一《えどいち》がうちの関わりの店や。すまんけど新川で買ってくれへんかな。一番船で運んできた四斗樽を渡すからな」

「なに、番船から直買いができんのか。江戸っ子はなんでも一番が好みなんじゃ」

「分かっとるで、江戸一で先に待っててや。一番手の荷船から買ったらええ、そしたら今年の惣一番の新酒はおまえ様の口に入るというもんや」

「よし、新川の江戸一で待っとるぞ」

と客の小舟が新川へと向かっていった。

その間にも、

た。

もはや惣一番は三井丸、二番手は早船丸と決まったが酒の荷下ろしが昼夜兼行で始まっ

と称された新酒の下り酒が次々に下ろされていった。

「江戸積み」

三井丸の沖船頭らは両舷に横づけされた荷船に次々に四斗樽を渡す作業を指揮すること

になる。むろん新川の酒問屋江戸一の番頭らが三井丸に乗り込んできて、不眠不休で西宮

浦から操船してきた水夫らを手伝って荷下ろしに加わった。

海次は惣一番の印、赤い半纏を着せられて伝馬を漕いで三井丸の艫、海口に戻ってきた。

手には「惣一番」の幟があった。

「おお、ようやった。新入り」

とオヤジが迎えてくれた。

「オヤジさん、品川の浜をまるで鹿のように駆けていった若い衆じゃな」

と江戸一の番頭の正蔵《しょうぞう》が応じた。

「おうさ、番頭さん。こやつ、大きな声では言えんが三井丸の密航人でな、元はといえば

丹波杜氏の長五郎さんの次男坊や。樽屋で酒造りするより頭司の親父が造った酒を江戸に

運ぶ仕事が好きなんやって」

「なに、丹波杜氏の蔵人か」

「まだ見習の二文字がつく半人前や」

「驚いたな、半人前に辰五郎さんは惣一番を託したか」

「おお、こやつ、初めて沖乗りの船に乗ったというのに船酔いもせず、丼で三杯めしを食って平然としとる。三井丸の高い主帆柱の上に上がって見張りをさせても遠目が利きよるわ。新造の三井丸に運をもたらしたのはこの半人前や」

とオヤジが手放しで褒めた。

「番頭さん、おれは親父が造った『神いわい』を江戸に一番で届けたかっただけや」

「オヤジさん、いい水夫になるかもしれんな」

「ああ、四斗樽を独りで担いで積み下ろしもできるで」

「魂消たわ、うちの店にも四斗樽を独りで持ち上げる力持ちはおらんぞ」

「番頭さんよ、持ち上げるだけではないわ。西宮浦の荷積みを独りで三日もやり抜いて、船底に潜り込んどったやつや」

「ふっふっふふ、三井丸の初航海初荷に大力の新入りか、初物づくしでめでたいわ。だがな、荷下ろしは江戸の人足に任せなされ。おまえさん方は役目を果たした。廻船問屋の鹽屋の井三郎さんも酒蔵の樽屋松太夫さんも大喜びじゃろうて」

と江戸一の番頭正蔵が大満足の笑顔で言った。

「番頭さん、三井丸が惣一番になったことは西宮の樽屋に早飛脚で知らされるんですな」

「私が店に戻り、早飛脚の手続きをしますぞ」

「この書状は沖船頭の辰五郎がうちの廻船問屋鹽屋に宛てたもんです。いっしょに早飛脚で送ってくれへんやろか」

「容易いことじゃ」

オヤジから辰五郎の書状を受け取った江戸一の番頭が船で新川の店へと戻っていった。

「オヤジ、四斗樽下ろしを手伝うか」

「番頭さんの話を聞いたやろ。荷下ろしは江戸の人足に任せろ」

と応じたオヤジが、

「海次、おまえはようやった。三日と半日、もう日没や、荷船何艘かで『神いわい』は新川に送ってあるわ、江戸の酒飲みとて二千石船の四斗樽はすぐに飲み切れまい。今晩はゆっくりと眠れるで」

と言った。

オヤジと海次が主甲板に上がると操舵場で疾風の辰五郎が待ち受けていて、

「ようやったで、海次」

「沖船頭、おれは三井丸の水夫になれるやろか」

「こたびの『惣一番』は三井丸とおまえの手柄や。西宮の鹽屋の旦那も、樽屋の旦那も、文句は言わへんやろう。あとはおまえの親父さんの説得やな」

「おれは次男坊よ、丹波杜氏の五代目長五郎は兄さんが継ぐ。おれはおれの途を行く」

と言いながら、

(そのために大きな犠牲を、小雪を失った)

と海次は胸の中に虚ろな風が吹くのを感じながら、辰五郎に一番札と「惣一番」の幟を差し出した。

「おお、久しぶりの一番札と幟やな、肥前長崎で新造番船を造ってくれた鹽屋の旦那に申し訳が立つ」

と沖船頭がしみじみと漏らしたものだ。そして、

「海次、艀の上にはためかせい」

辰五郎が受け取ったばかりの幟を海次に返し、

「海次、この幟をな、主帆柱の頂に立ててこい」

と命じた。

「合点だ」

と応じた海次は赤の半纏を着たまま、もはや登りなれた一本柱の主帆柱に上がっていった。

荷下ろしの最中の人足たちが、

「おい、大きな猿《ましら》だなあ、二千石船の帆柱を軽々と登っていきおるぞ」

「なにをぬかすか。あやつが浜で先を行く早船丸の水夫を抜いて一番札を得た兄さんじゃ、わしらに祝儀が出たとしたら、あの兄さんのお陰じゃぞ」

「おりゃ、また赤半纏を着た猿かと思ったぜ」

と呆れ返って見ていた。

海次は座り慣れた蝉に座り、帆柱に紐で「惣一番」の幟を誇らしげに結んだ。

折から風が吹いてきて、幟が晴れやかにたなびいた。

「おお、三井丸の主帆柱に『惣一番』の幟が翻ったで」

楫取の梅之助が喜びの声を漏らし、傍らにいた炊きの半六が、

「楫取、三杯めしの大食らいは、三井丸に運をもたらしたな」

と応じたものだ。

「疾風の、この一年、大尽暮らしやなあ」

と梅之助が辰五郎に喜びを伝えた。

「楫取、わしら、初乗りとあって、三井丸をよう扱いきれんかったわ。そいつを救ったのは蔵人見習や。この一年、なんとしてもこの三井丸に慣れて、来年も『惣一番』を必ずや勝ち取るで」

辰五郎が険しい言葉で応じたものだ。

海次は幟が風に翻る光景を見ていたが、ふと気になって江戸の内海の南を眺めた。すると一隻の新酒番船が角帆に風を受けて品川沖へと姿を見せていた。

「うむ」

海次は眼を凝らして樽廻船を見た。

「おお、三番手に浪速丸がくるで」

と海次が叫んだ。

「おお、浪速丸か、怪我人が三人も出て、助船頭も水夫も十分に働けんなかでよう頑張ったな」

とオヤジの声がした。

「海次、おまえの眼でどれほどの間が残っとる」

「三里から四里かなあ」

「日没前に着くとええがなあ」

浪速丸は神奈川沖にあった。

海次が船足を確かめようとすると、浪速丸の後ろにもう一隻の樽廻船がいた。

「オヤジ、浪速丸の後ろに江戸の武蔵丸が迫っとるで」

この報せに江戸の廻船問屋八州屋の面々が歓声を上げて三百石ほどの弁才船で沖へと迎えに出ていった。三番札は未だ残っていた。

三

お薫は文次郎といっしょに浪速丸の舳先に立っていた。鉄砲傷のせいか文次郎は熱を出した。お薫が炊きからもらった貴重な真水を飲ませ、手拭いを濡らして額《ひたい》に当てたがなかなか熱は下がる気配がなかった。文次郎は、

「海風に当たれば熱など下がる」

と言い張った。

「あかん。熱が出とるときは、額を冷やすしかないの。もう江戸の内海に船は入っとるのやろ。もう少しの我慢や」

と言い聞かせたが、お薫の話を聞こうとはしなかった。文次郎は海賊に襲われたのもお

薫を沖船頭に無断で乗せたからだと、責めを感じていた。なんとか浪速丸の操船の一員に加わりたいと思っていた。お薫に無理を言った。

「私が初右衛門船頭に訊いてくるわ」

お薫が船頭の居室を出たあと、文次郎もよろよろと主甲板に出ていった。

周りの景色を見て、浪速丸は神奈川沖にいることが文次郎には分かった。海風が気持ちよいと思ったのは一瞬で、背中に悪寒が走った。

「文次郎、鉄砲弾を甘くみるんやないで」

お薫から少しだけ話を聞いた沖船頭の初右衛門が事情を悟り、操舵場から怒鳴った。

お薫も振り返って文次郎に気づき、

「文次郎さん、沖船頭さんの許しを得てからと言ったやろ」

と初右衛門を見た。

「怪我人が二千石の樽廻船を操る助船頭の仕事ができるわけないわ、文次郎、狭ノ間に寝とれ」

「沖船頭、わしは大丈夫や。なんとしても品川沖では二本足で立っていたい。お頼み申します」

廻船問屋の次男坊が丁寧な言葉で願った。だが、その体はゆらりゆらりとしていた。船の揺れのせいではない、熱を発しているせいだ。

「文次郎さん、沖船頭さんの言葉を聞いたやろ、船室に戻ろ」

「いや、おれは大丈夫や、神奈川沖から品川沖までならば、一刻か一刻半で着くやろう」

と言い張った。

「お薫さん、こやつの傍らにいてくれへんか」

と初右衛門が仕方なく応じた。

浪速丸が惣一番にならないことは、内海に響く花火の音で承知していた。

こたびの陣容で「惣一番」を獲得するとしたら、新造帆船の三井丸しかないと初右衛門は確信していた。和洋折衷のあの船を指揮するのは沖船頭の、疾風の辰五郎だ。

初右衛門はもう承知していた。

辰五郎は相模灘を抜けることなくパシフィコの大波に三井丸を委《ゆだ》ねて一気に突っ走り、浦賀の瀬戸に入ったのだ。

「今年は二番手で致し方あるまい」

と考えていた。

初右衛門もまた西宮の樽廻船早船丸が新酒「夢あずま」を積んで、熊野灘から沖乗りで潮流をうまくつかみ、浦賀の瀬戸まで沖走りしてきたことを知らなかった。

文次郎は熱と悪寒に悩まされながら、ふと浪速丸の後方を見た。

「うむ」

「どうしたの、文次郎さん」

「おれの見間違いか、浪速丸の後ろに新酒番船がおらんか」

文次郎の言葉にお薫は背後を見た。

内海の穏やかな波間に確かに角帆がちらりと見えた。

「見えるわ。船が」

かすむ眼で今一度確かめた文次郎が、

「沖船頭、背後から江戸の武蔵丸が追ってくるで」

と叫んだ。

内海に入り、品川が遠望できるようになって油断していた浪速丸に緊張が走った。内海で一度船足が落ちた樽廻船の尻を叩くのは至難のわざだ、ましてや浪速丸は助船頭に水夫二人が海賊の襲撃で怪我をして手が足りなくなっていた。

一方追走する武蔵丸はその気で帆走していた、勢いが違った。

「配置につけ、なんとしても二番手を死守するで」

との命に浪速丸の全員が持ち場につき、浪速丸は今一度全力航海の構えに入った。

浪速丸から武蔵丸の船影が確かめられた。一里どころか半里の差しかあるまい、と初右衛門には分かった。

勢いに乗った武蔵丸は、江戸の内海を熟知している江戸の廻船問屋八州屋の樽廻船だった。

文次郎は操舵場の定位置につこうとした。

「文次郎、怪我人が操舵場にいても邪魔なだけや。相手の武蔵丸との差を知らせい」

と沖船頭に命じられた文次郎は、へえ、と応じた。

「もはや十三、四丁（約一・四〜一・五キロメートル）ですやろ」

「ここが頑張りどころや、御殿山下の品川の浜は見えとる」

「壱之助《いちのすけ》、海口に行き、伝馬を下ろす仕度をせえ」

初右衛門の命に水夫の壱之助が航海中の仕事着のさしこ着を脱ぎ、ふんどし一つになって鉢巻きをきりりと締め、初右衛門から「切手」を受け取った。

浪速丸と武蔵丸の最後の争いを海次は三井丸の艫から眺めていた。

（行け、浪速丸）

と海賊船に襲われながらも江戸品川沖まで走り抜いてきた浪速丸を胸のうちで応援した。

浜からは江戸の廻船問屋で唯一、一隻だけ新酒番船に参加を許された八州屋の武蔵丸を応援する声が大きくなった。

「武蔵丸、三番札が待っとるぞ」

「上方の樽廻船に三番札まで取らせるな」

などと叫び、太鼓の音がその叫びに和した。

海次は、浪速丸の船足が上がり、
ばたばた
と角帆が鳴る音を聞いていた。

浪速丸に武蔵丸が追いすがった。もはや十丁（約一・一キロメートル）と差はない。

両樽廻船の先に品川沖の海に設けられた舞台が待っていた。浪速丸と武蔵丸が縮帆し、碇を海へと投げ込んだ。

海次はゆっくりと二隻の新酒番船が三井丸と早船丸の傍らに停船するのを見ていた。

浪速丸の沖船頭初右衛門はすでに二隻の番船が到着して、荷船が群がり四斗樽を下ろしている光景に視線をやった。なんと二隻の番船がすでに到着していた。となると、

「壱之助、三番札はおまえの腕にかかっとるで、頼む」

と初右衛門が願った。

「沖船頭、江戸の番船なんぞに負けるわけにはいかへん、任してんか」

と言葉を残して壱之助が海口に走った。

二艘の伝馬船の勝ち負けが三番札にかかっていた。

浪速丸と武蔵丸から伝馬船が浜に向かってほとんど同時に漕ぎ出された。

なにしろ武蔵丸は唯一の江戸廻船問屋の所蔵船だ。沖に小舟で乗り出してきた廻船問屋や酒問屋の奉公人が、

「やれいけ、それいけ、武蔵丸」

とか、

「江戸廻船問屋の意地を見せえ」

などと大声で応援した。

海次は艀の上から、

「浪速丸、大坂もんの根性見せたれ」

と思わず叫んでいた。

最前、自ら早船丸の伝馬と争った光景が脳裏に浮かんだ。

伝馬は最前よりも激しい歓声と激励の中、浜に同時に舳先を乗り上げて「切手」を咥え

た二人は、幟が立つ廻船問屋に向かって砂浜を走り出した。

「海次、どないや」

と主甲板からオヤジの声がした。

主帆柱の頂に乗っている分、争いはよく見えた。

「いまんとこええ勝負やな。うむ、武蔵丸が先に立ったで」

「なに、江戸の樽廻船が三番札を得るんか」

「まあ、待ってくれ。浪速丸が抜き返したで」

二人はほぼ同時に廻船問屋の見える東海道に出た。

次の瞬間、浪速丸の水夫の壱之助が先に立つと口に咥えていた「切手」を世話人に差し出しながら、

「大坂廻船問屋津國屋の浪速丸の『切手』やで」

と叫んで渡し、

「新酒番船三番札は、大坂の浪速丸じゃぞ」

と世話人が宣告して三番手が決まった。

蝉の上の海次にはその光景が見えていた。

「おーい、浪速丸の衆よ、三番札はおまえさん方やで」

と海次の叫び声に浪速丸から歓声が上がった。

新酒番船において「惣一番」は、他船を圧する誉れと役得がこの一年与えられた。ために二番札の早船丸とは雲泥《うんでい》の差が生じた。西宮郷の酒蔵樽屋はこの一年、十万樽近くの四斗樽「神いわい」を高値で江戸の酒問屋に売ることができた。むろん二番札にも三番札にもそれなりの役得があった。だが、四番以下の番船にはその役得はなかった。

浪速丸の船上で海次の報せを聞いた助船頭の文次郎に、

「わたしたち、『惣一番』はとれなかったわね」

とお薫が言った。その声音には不安が感じられた。

「お薫さん、海賊船に襲われての三番札は立派なもんや、今晩にもおっ母さんに会えるで」

と応じた文次郎の体がぐらりと揺れた。

「文次郎さん」

と文次郎の体を支えたお薫の視界に慈姑頭《くわいあたま》の医師が見えた。

「文次郎さん、お医師が見えたわ」

「怪我人はこの人かな」

と医師がお薫に問うた。

「そうです、鉄砲傷を脇腹に受けてます」

とお薫が医師に告げたとき、文次郎の体がずるずると甲板の床に崩れ落ちた。

「よう、頑張って面倒をみてくれたな。どれ」

と医師がその場で傷口を改めた。

「焼酎で消毒して血止めをしてます。最前から熱が出てます」

うむ、と答えた医師がお薫の手当てを見て、

「見れば若い娘さんのようだが、よう応急の手当てがしてある」

と褒めた。

「お医師さん、あと二人も、鉄砲傷です。でも、文次郎さんの傷よりひどくありまへん」

お薫の言葉に医師が改めて番船に娘が乗っている訝《いぶか》しさに気づき、驚いた顔をしたが、

「もう安心だ。あとは任せなされ」

と言い添えた。

新酒番船十五隻が西宮浦を出帆して四日目の夜を迎えようとしていた。四日目の夕刻までに品川沖に到着したのは、三井丸、早船丸、浪速丸、そして、武蔵丸の四隻に留まっていた。

「おい、新入り、いつまで蟬に上がっとるつもりや」

とオヤジの声がしたとき、海次は武家屋敷の向こうに千代田の城の櫓《やぐら》が聳《そび》える光景を見ていた。

（これが江戸か）

篠山城下や西宮など比べものにならぬくらい大きな家並みだった。

すでに春の宵闇が迫り、町屋に灯《とも》りが点り始めていた。

「オヤジ、江戸は大きいな。京と比べてはどないや」

海次は京の都を訪ねたことがなかった。

「京と江戸を比べよというんか。江戸は百二十万もの人が住み、一年に四斗樽で百万樽以上も飲み干す都やで」

「江戸では一年に百万樽も飲み干すんか」

「おお、これから一年、三井丸は西宮と江戸を何往復もして四斗樽を運び込むんや。われはやれるか」

「やらいでか」

「蔵人は見習に終わったが、樽廻船の水夫ならばうってつけかもしれへん。さあ、下りてこい、祝い酒を飲むで」

「オヤジ、おれは酒よりめしがええ」

「ふーむ、走りは速いが未だ餓鬼《がき》んたれやなあ」

と呟く弥曽次の声を聞きながら、海次は主帆柱からすべり下りた。

翌日の夕暮れ、品川沖には新酒番船が十一隻到着していた。だが、安兵衛じいが沖船頭の備後丸の姿はなかった。

「沖流しに遭うたんや、異国に持っていかれんとええがな」

とオヤジが海次に言った。

「安兵衛じいは達者な沖船頭やと、遠州灘で言うたな」

「ああ、言うた。せやけど、安兵衛じいにもどうにもできへんことはある」

とオヤジが応じた。

新川は亀島川《かめしまがわ》の支流で日本橋《にほんばし》が架かる日本橋川と並行して南東に流れ、隅田川と合流する、長さ五丁二十四間（約五百八十九メートル）、幅は六間（約十一メートル）から九間（約十六メートル）ほどの運河だ。大川河口と江戸前の海に接しているゆえに、下り酒問屋が集中して軒を連ねていた。

海次が「惣一番」の幟を誇らしげに立て、水夫らが太鼓を叩いて新川の川沿いを三井丸の乗組みの沖船頭以下全員が練り歩いていた。新酒番船の「惣一番」になった番船の乗組みの者だけに許される特権の練り歩きだ。

そんな練り歩きに酒問屋から、

「三井丸さん、おめでとうさん」

とか、

「この一年、樽屋は分限者《ぶげんしゃ》じゃやな」

などと祝いの言葉が投げかけられた。

沖船頭の辰五郎が、

「おかげさんでなんとか勝たせてもらいました。この一年、惣一番の『神いわい』を宜《よろ》しゅう売って下され。お願い申します」

と丁重な言葉を返していた。

新川には下り酒を扱う問屋が二十数軒あったが、その一軒に見知った娘が立っているのに海次は眼を留めた。

「お薫さんやな、おっ母さんと会われたか」

「海次さんのお陰で、わたし、生きて江戸に着くことができたわ」

「おれのお陰ではないで。海賊船を追い払うのに助勢することを決断したのは沖船頭の辰五郎さんや」

と海次が疾風の辰五郎を見た。

「文次郎さんの怪我はどないや」

「お医師の治療で熱も下がり、傷も化膿していないんですって。うちの奥で寝とるわ」

「そりゃ、お薫さんの応急手当てがよかったからや」

品川沖に着いて新酒番船の間で起こったことが読売《よみうり》に載り、番船の乗組みも江戸の人々もとっくと事情を承知していた。

そこへ店前に出てきた杉葉屋の当代の波津蔵《はつぞう》が、

「おお、三井丸の辰五郎さんよ、おまえさんのお陰で私の孫が無事に江戸に着くことができました。このとおり礼を申しますぞ」

と頭を下げた。その傍らには伊丹から離縁されて戻った波津蔵の娘、お薫に似た顔立ちのお秋が立っていた。

「江戸のおっ母さんに会わせようと、幼なじみの兄さんと文次郎さんが企てた江戸入りや。うちもな、この幟を持っとる背高のっぽが新酒番船の密航人なんや。二隻ともに密航人を乗せるという不思議な縁で三井丸と浪速丸が結ばれましたな。杉葉屋さん、今後とも宜しゅうお願い申します」

たのだ。

辰五郎も礼を返し、新たな商いを願った。杉葉屋は未だ「神いわい」を扱っていなかっ

「むろん西宮郷の樽屋さんの酒を扱わせてもらいますぞ」

と当代が請け合い、お秋も辰五郎に深々と頭を下げて娘と再会できたことを感謝した。

「お薫さん、江戸に残るんか」

と海次がお薫に訊いた。

「じい様がしばらく江戸にいて、ゆっくりと考えよと言うてくれました。おっ母さんやじい様、ばば様のもとへ残ります」

と答えたお薫が、

「海次さんは、西宮郷の樽屋松太夫さん方の丹波杜氏だったんやね」

とだれから聞いたか、そう問うた。

「お薫さんよ、おれは蔵人見習でな、酒を造るより親父や兄さんの造る酒を江戸に運ぶ仕事が性に合うとるわ。それでな、三井丸のアカ間に潜んでいたんや」

海次はこの新酒番船に密かに潜り込む騒ぎで幼なじみの小雪を失ったことをふと思った。

「アカ間ですって、船酔いはしなかったん」

「おれか、船酔いはなしや。お薫さんはどないやった」

「わたしも船酔いをする暇もなかったわ」

「妙な密航人同士があったもんや」

二人の問答を聞いた沖船頭の辰五郎が苦笑いした。

「沖船頭、お薫さんはおっ母さんのもとで江戸暮らしやそうや。おれは帰りの三井丸に乗せてもろてええかなあ」

オヤジからは帰り船にも乗せると約定されていた。それでも沖船頭に念押しした。

「おまえを江戸に放り出しとけば江戸の衆が迷惑しよう。帰りは空船やけど、艀に上がるのが水夫の仕事やない。水夫仕事をオヤジからとことん叩き込まれときや」

「へえ」

と海次が返事をして、「惣一番」の幟を立て、

「西宮郷の廻船問屋鼬屋の三井丸が『惣一番』やで」

と大声で叫ぶと太鼓が鳴り響き、新川の両岸から歓声が起こった。

四

数日後、「惣一番」を得た三井丸は江戸の内海を南下していた。急ぎ西宮に戻り、新酒

を積んで江戸に戻ってくるためだ。それでも船内にはどことなくゆったりした気配が横溢《おういつ》していた。

それはそうであろう、念願の「惣一番」を得たのだ。樽廻船がこの名誉を得ることが、この一年の航海にどれほどの利を生み出すのか、海次には想像もできなかった。

西宮郷の酒蔵樽屋が莫大な利を得、廻船問屋の鹽屋にも大きな役得があることは予測がついても、最後は江戸の酒好きの人々の胃袋にかかっていた。初物好きの江戸は百万樽の下り酒を飲み干す最大の消費地だ。すでに「神いわい」は高値で飛ぶように売れているという。

鹽屋の二番船がすでに西宮郷を出て、「神いわい」を運んできているはずだ。だが、なんといっても新酒番船の一番船で競い勝った三井丸が運ぶ新酒「神いわい」を江戸の酒問屋は待っていた。

三井丸と早船丸が品川沖に到着して五日が過ぎ、西宮浦を出帆した十五隻の新酒番船のうち、廻船問屋万屋の樽廻船、沖流しに遭った備後丸だけが品川沖に姿を見せていなかった。江戸の廻船問屋や下り酒問屋の世話方たちは、

「備後丸は沖流しに遭ってパシフィコのど真ん中を漂流しておるだろう」

「異国の船に助けられればよいがのう」

「備後丸は年季の入った古船だったな。残念だが海の藻屑と化して、積んでいた新酒は、魚どもが飲んでいよう」

などと不届きな噂を飛ばしていた。

一方、三井丸の乗組みの沖船頭以下全員に祝儀が出て、だれもがほくほく顔だった。「神いわい」を主に扱う新川の下り酒問屋からの祝儀だった。

海次にも祝儀が出たが、海次は、

「旦那さん、沖船頭、おれは廻船問屋に許しを得て三井丸に乗った水夫やない、密航人や。こたびは祝儀を頂戴するのは遠慮させてもらいます。来年な、もし三井丸に晴れて雇われて水夫になり、見事『惣一番』を得たとき、頂戴したい」

と遠慮した。

この話を聞いた炊きの半六が、

「海次、妙な意地や我を張るもんやない、江戸の旦那衆の心遣いのご祝儀は素直に頂戴するもんや」

と海次に言った。

「半六さんよ、おれは帰り船に乗せてもろとるだけで満足や。おれはまだ三井丸の水夫やない。鹽屋の旦那と樽屋の旦那の許しを得て、ようやく三井丸の水夫見習や。それに親父がどないな考えか、分からんからな」

「おい、こたび三井丸が『惣一番』を得たのは新造帆船の三井丸と、密航人のおまえが運をもたらしたからや。もはや西宮の旦那衆も丹波杜氏の親父さんもおまえに文句を言うもんはおるめえ」

と半六が言うのをオヤジの弥曽次が黙って聞いていたが、

「半六、こやつの言うことも一理ある、好きにさせたれ」

と言ってくれた。

「オヤジさん、おれに水夫の仕事を教えてくれ」

「おお、外海に出たらな、水夫の仕事を一から教えたる。江戸前の海を走っとるうちは辺りの景色を楽しむんや」

「ならば蟬に上がって安房や三浦の春景色を楽しんでもええか」

「おお、好きにせえ」

水夫頭のオヤジが遠眼鏡を貸してくれた。

海次は遠眼鏡を首から提げて主帆柱を慣れた動きで登っていき、和洋折衷で建造された三井丸の頂、蟬に両足を絡めて帆桁に座した。

三井丸は純粋な和船造りではないゆえ、主帆柱の頂を和船のように「蟬」と呼ぶのは的確ではない。だが、三井丸の乗組みは、帆柱の頂を和船仕立ての帆船で呼び慣れた蝉と呼んでいた。

海次は夏も近い安房の山々を眺め、新緑の季節を眩《まぶ》しげに楽しんだあと、遠眼鏡を浦賀の瀬戸に向けようと体の構えを変えた。

浦賀を出れば、相模灘が待っていた。海次が正式に修業する三井丸と大海原のパシフィコが待っていた。

遠眼鏡を浦賀の瀬戸へと向けた。

そのとき、遠眼鏡にぼろぼろに痛めつけられた樽廻船が一隻、よたよたと浦賀の瀬戸に入ってくるのが見えた。

「うむ」

と遠眼鏡の焦点を合わせて確かめると、なんと熊野灘で沖流しに遭った新酒番船の備後丸ではないか。海次は幾たびも確かめ、

「沖船頭、安兵衛じいが沖船頭の備後丸が江戸へと向かってきたで」

と大声を張り上げた。

「海次、たしかやろうな」

と疾風の辰五郎が念を押し、舳先に走った楫取の梅之助が遠眼鏡で確かめ、

「沖船頭、間違いないで、万屋の備後丸に間違いないわ」

「そうか、ハネ荷をしてなんとか船を立て直し、江戸へと向かってきたか。さすがは安兵衛じいや」

と辰五郎も喜びの声を発した。

「惣一番」の幟を翻した三井丸と新酒番船のどん尻の備後丸が浦賀の瀬戸ですれ違おうとしていた。

沖流しに遭った備後丸は、水押《みよし》の上の舳面《ほおべら》が外れており、舷側の戸立もあちこちら壊れて、帆も破れたのを縫った跡が見えた。

「備後丸、よう頑張ったな」

「おお、疾風の辰五郎どんか、『惣一番』、めでてえな」

主帆柱の上に翻る幟を指して、真っ白な無精ひげの安兵衛じいが祝いの言葉を告げた。

「いや、熊野灘で沖流しに遭うて江戸に辿りつくなんて、安兵衛じいにしかできへん芸当や。品川はもうそこや、頑張って走れ」

とお互いの沖船頭が祝いと激励の言葉を交わしてすれ違った。

「海次、よう見とけ、あれが新酒番船の船乗り魂や」

とオヤジの声が蝉の海次に届いた。

「おお、とくと見たで」

海次は荒海を乗り切って江戸に向かう古強者《ふるつわもの》の備後丸をじっくりと眼に留めた。

「海次、艀を下りてこい。外海に出たら水夫の一から叩き込んだるで」

と水夫頭の弥曽次が宣告した。

西宮郷の廻船問屋鹽屋井三郎方に江戸からの待望の書状が届いた。
油紙包みの分厚い書状をまず神棚に上げて柏手《かしわで》を打ち、拝礼した井三郎が長火鉢《ながひばち》の前に腰を下ろすと、油紙を披《ひら》いた。
書状の差出人は江戸の廻船問屋の世話人添田伝左衛門《そえたでんざえもん》からだ。井三郎は、まず自分宛ての文を披いた。その眼に飛び込んできたのは、
「廻船問屋鹽屋主人井三郎殿
一月十三日申《さる》上刻惣一番
貴問屋所属三井丸海上無事入津御記帳被成下候
江戸廻船問屋組合添田伝左衛門」
の文字と印であった。
しばし両眼を閉じて感慨《かんがい》に耽《ふけ》った井三郎は、

「だれか、樽屋に走って、主の松太夫さんを呼んでこい」

と大声で命じた。

即刻駆け付けてきた樽屋松太夫が履物を脱ぐのももどかしく、勝手知ったる鹽屋の主の居間に飛び込んで、

「吉報やろうな」

と質した。

「松太夫さん、吉報やで。一月十三日申上刻（午後三時四十分）、新酒『神いわい』を積んだ番船三井丸が『惣一番』の番札を得たそうや」

その言葉を聞いた松太夫がぺたりと長火鉢の前に座り込んだ。井三郎は、

「よかった、よかったわ」

と感慨深げに言葉を漏らす樽屋松太夫に宛てた沖船頭辰五郎の文を渡し、自らも辰五郎からの書状を読み始めた。

しばらく沈黙していた二人から驚きの声が上がった。

「井三郎さん、そちらの文にも蔵人見習の海次のことが認めてあるんか」

「魂消たな。丹波杜氏の次男坊め、えらく派手な真似をしくさったな」

と廻船問屋の主の言葉には驚愕と同時に喜びがあった。

「こちらの文にもあるで。海次め、アカ間に隠れて三井丸に乗り込み、自ら密航をオヤジに名乗り出たそうや。艀上で見張りをこなしながら、石廊崎では浪速丸を襲った海賊を弓で追い払ったそうやわ」

「それよりなにより品川浜で先行する早船丸の水夫を追い抜いて切手を世話方に渡し、一番札を手にしたのは海次というやないか。あいつ、百日稼ぎをやらぬ他の時節は丹波の山歩きをしとると聞いたが、えらい密航人もいたもんやで」

と二人の旦那は言い合った。

「松太夫さん、数日後には三井丸が戻ってくるで」

「案ずるな、『神いわい』はすでに四斗樽に詰めてあるわ」

「そうやない。海次の扱いをどないすると訊いとるんや」

「三井丸に『惣一番』をもたらしたのが海次ならば、次の江戸積みでは一人前の水夫として樽廻船に乗せればええ」

「このこと、頭司の四代目は承知していたと思うか」

鹽屋井三郎が松太夫に質した。

「長五郎さんが承知で、新酒番船に潜り込ませたとも思えへん。おそらく知らんやろ。そうか、長五郎さんを得心させるのが先やな」

「長五郎さんにこの一件知らせるか」

「おお、そうやな」

と樽屋松太夫が腕組みして考え込んだ。

「鹽屋の、うちの丹波杜氏の五代目長五郎は、嫡男の山太郎に内々決まっとる。次男坊の海次は、嫡男を助ける役目をと考えてたけど、こりゃ、四代目に考えなおしてもらわねばならへんな」

と言った松太夫が、

「鹽屋の、私が明朝に丹波篠山を訪ねる。そのうえで長五郎さんにはなんとしても得心してもらう」

と言い切り、井三郎が、

「それがええ。まず蔵人見習を辞したあと、うちが海次を引き取ろう」

と言い添えた。


翌日の夕刻、丹波篠山の酒問屋に長五郎と嫡子の山太郎が呼ばれた。二人にはその用件がなんとなく察せられたが、吉報なのか凶報《きょうほう》なのか気持ち半ばで訪ねることになった。

「親父、ええ報せかなあ」

山太郎の問いに無言で長五郎が首を振った。そして、

「鹽屋の番船が『惣一番』を取ったところで、海次の処遇が変わるわけやない。その覚悟はしとくことや」

と言い合った父子は酒問屋を訪ねた。

すると即刻座敷に通されたが、その場に西宮郷の酒蔵樽屋主、松太夫の姿を見て、長五郎はその場に座すと無言で頭を下げた。慌てて山太郎も親父に倣った。

「なんの真似や、長五郎さん」

「海次のしでかしたこと、山太郎から聞かされて覚悟をしとりました」

と長五郎が顔を伏せたまま、もごもごと詫びの言葉を口にした。

「顔を上げてくれへんか、話ができへん」

と松太夫に乞われて長五郎が恐る恐る顔を上げた。

「海次はな、えらいことをやってのけましたで。三井丸が『惣一番』を取ったんやけど、海次があれこれとやってのけたお陰やって」

「樽屋の旦那、なんのことですかなあ」

「長五郎さん、まず江戸から届いたこの文を読んでくれへんか。私宛てやが事情を知るには一番てっとり早い」

と松太夫が書状を渡した。

「わしが旦那宛ての文を読んでもええですか」

と言いながら長五郎は書状を受け取り、それを山太郎が覗き込みながら読み始めた。

長いときが経った。

「どないや、長五郎さん」

「海次はどないなるんですやろ」

「どないもこないもあらへん。廻船問屋の鹽屋の井三郎さんも沖船頭の辰五郎さんも次の三井丸の江戸積みに海次を乗せる気や。海次も蔵人よりおまえさんの造った酒を運ぶ番船仕事が好きや言うとる。あとは長五郎さん、おまえさんが得心するかどうかや。次男坊が百日稼ぎを辞してもええかどうかや」

と松太夫に質された長五郎は隣に無言で座す嫡男を見た。

「どないや、山太郎」

「わしは、いえ、私は小雪さんから海次の行いを文で知らされたとき、海次はもはや丹波杜氏には、百日稼ぎには戻ってこんと思うとりました」

山太郎の返事には、松太夫にも分からないところがあった。ただ、親子がすでに承知していたことにいささか驚かされた。

「なに、山太郎さんは弟の所業を承知やったんか」

山太郎は松太夫に訥々とした口調と言葉で、海次が幼なじみの小雪に文を寄越し、その小雪が西宮郷にいた山太郎に告げた経緯を話した。

「そうか、それで海次のことを長五郎さんも山太郎さんも承知やったか」

と松太夫は最前分からなかったことを得心した。

海次が蔵人を辞して江戸積みの樽廻船に乗り込んだのは、やはり幼なじみの小雪とのことがあったからだと山太郎は思っていたが、このことはこの場では口にしなかった。

長五郎が嫡男の言葉を補うように、

「松太夫の旦那、わしらの知っとることは、伝え聞きの上に曖昧ゆえ旦那にも伝えることはできまへんでした」

と言い訳した。

「長五郎さん、うちが丹波杜氏を迎えておまえさんで四代目や、一人くらい変わりもんがいてもええやろ。親父や兄さんの造った酒を江戸に運ぶんや。まったく灘五郷の酒造りと関わりがないことではないでな。どうか、この話、承知してくれへんか、長五郎さん、山太郎さん」

と松太夫が念押しした。

「樽屋の旦那、弟の好きにさせるのがええと思います」

と山太郎が賛意を示し、

「わしらはな、あんたが五代目に就いた折の補佐方を海次にと思うてきたが、このあたりのことを考えなおす要があるな」

と松太夫が言い、

「親父もまだ元気にしとります。私が五代目に就くのはだいぶ先のことですし、弟の代わりは私ども親子で考えていけばようございましょう」

と山太郎がこう応じた。

二人の問答に長五郎が頷いた。

「そうか、二人して、得心してくれましたか。丹波篠山まで来た甲斐がありましたわ」

と安堵の言葉を漏らした松太夫が、

「山太郎さん、おまえさんの祝言はいつでしたかな」

と話柄を変えた。

「樽屋の旦那、こちらもな、いささか考えがありまして祝言は先に延ばしました」

と山太郎がはっきりと言い、松太夫が、

「えっ、どないしたんや」

と驚きを隠しきれないでいた。

「いやな、私も五代目を継ぐには未熟ということですわ。来年の百日稼ぎまで丹波で酒造りの修業に専念しますよってな」

と山太郎が言い切った。

「そうか、兄さんもあれこれと考えたな。私は明朝、三井丸を迎えるために急ぎ戻るから、来年の百日稼ぎで会おうか」

と松太夫が応じて、「惣一番」の祝儀を長五郎に渡した。

酒問屋の表に出た山太郎が、

「親父、すまんが三井丸が『惣一番』になったことを小雪さんのうちに知らせてくれへんか。わしが行くとあれこれと気遣いさせるやろうし」

と願った。

「海次の乗った三井丸が『惣一番』を得たんや。祝いごとや、そう気兼ねせえへんでもええやろ」

「三井丸が『惣一番』で江戸入りしたのと、わしらの祝言延期は関わりないことや」

と親父に言い残した山太郎がさっさと自分の家へと戻っていった。

長五郎は黙って嫡男の背中をいつまでも見送っていた。

蟬に上がった海次は、淡路島を横目に遠く灘五郷を望んでいた。背後の山々が白と紅に淡く染まっていた。

十数日ぶりの西宮浦の浜が懐かしく思えた。

不意に花火が上がり、太鼓や鉦の音が浜から響いてきた。無数の船が大漁旗や「惣一番」と染め抜かれた幟を立て、三井丸を迎えに海へと乗り出してきた。

初春の陽射しを浴びた西宮浦の海は大騒ぎに包まれていた。

(帰ってきた)

初めて経験した新酒番船の航海を果たした海次は、静かな感動と大いなる喪失感《そうしつかん》に包まれていた。

三井丸を多くの船が取り囲んだ。

海次はふと迎えの人々がいなくなった浜を見た。西宮浦の背後の山々を、新酒番船の出航の折は気付かなかった清らかな白梅《はくばい》と淡い紅梅《こうばい》が満開に染めていた。

海次は迎えの人々がいなくなった浜の一角に眼を留めた。

(あれは)

未だ桃割れの髪形をした娘が独り立っていた。

（小雪、小雪や）

と思った。兄の山太郎とすでに祝言を済ませた小雪が西宮浦にいるはずもなかろう。だが、幼なじみの小雪を見間違うはずもない。

「小雪、小雪か」

と海次は名を遠慮げに呼んでみた。すると手を振り返した娘が、

「うみ兄さん、お帰りなさい」

と大声で迎えてくれた。

（娘の小雪がおれを迎えてくれた）

海次はこの数月感じられなかった歓喜に突然身震いした。

西宮浦は惣一番のお祭り騒ぎのなか、浜を彩る白梅と紅梅を背景に立つ小雪と三井丸の艫の上の海次は、現《うつつ》であることを願ってただ見詰め合っていた。

初春の陽射しが二人の若い幼なじみを優しく包んでいた。

あとがき

「吉原裏同心」シリーズの一作目は、二〇〇三年の春だから十八年目を迎えた。先行した「夏目影二郎始末旅」シリーズは、十五巻目『神君狩り』が二〇一四年十月に刊行されてめでたく完結した。

長いシリーズばかりを書き継いでいくのは、こちらの老化もあって少々つらくなった。出版事情も長期シリーズには適さなくなったと思う。そんなわけでなんとなく新しい読み物を書いてみたくなった。

それが今回の『新酒番船』だ。

上方《かみがた》の灘五郷《なだごごう》や伏見《ふしみ》で醸造された下り酒を積んで江戸までの速さを帆船十五隻が競う。一番手になった番船は、勝利の栄誉とともに一年間高値で積んでいた銘酒が取引きされ、莫大《ばくだい》な富を得る。船乗りの誇りと実利の伴《ともな》う競争だ。

まるで中国からイギリスに向かって争われたティー・クリッパーのような「海戦」が、それ以前の江戸時代初期から毎年繰り返されてきたと知って、

「よし、これでいこう」

と思った。

西宮浦《にしのみやうら》から江戸の内海の品川《しながわ》沖まで海路およそ七百キロ、厳しい潮流と風に抗《こう》して、速い新酒番船は二泊三日で走破したという。そのことを知っただけで私は久しぶりに興奮した。

これまで海洋小説のごとき物語は、武と商を兼《か》ねた「古着屋総兵衛」「交代寄合伊那衆異聞」と二シリーズにおいて書いてきた。

海や船に詳しいか、好きなんですね、と読者諸氏に問われれば「ううーん」と唸《うな》るしかない。なぜならば、この私、めっぽう船に弱いのだ、凪《な》いだ内海のフェリーでも船酔いを起こすほどだ。

何年前のことか。コルシカ島に家族で旅をして、港から数キロ先の、眺望のよい岬の先端に向かった。

岬に近づくとほぼ満員のフェリーは前後左右に揉みしだかれて、周りでは観光客が揺れる船を楽しんでいるような笑い声が交差していた。

こちらは、いけません、吐きたいのを必死で堪《こら》えていた。岬先端で乗客は下りてしばし散策し、またフェリーで港に帰るという。下船して腰を抜かして岩場に座り込んだ私は、家族を説き伏せて岬に開いていたカフェからタクシーを呼んでもらい、ホテルに戻ったことがある。

コロナ禍《か》が蔓延《まんえん》する前から、クルーズ船による世界一周の旅など滅相もございません。船賃を割り引く、あるいはただにすると言われても、結構ですと断ります。

事のついでに申し上げます。

床に入って為《な》すルーティンがある。大海原をいく船に乗っている自分を想像する。するとなぜか安心なのだ。海と船は、母なる存在なのか、安心して眠りに就けるのだ。この歳になって、なんてことをと思われる読者諸氏もおられよう。でも、事実なのだ。毎晩の行事なのです。

そんな私ゆえ大海原を競争する新酒番船に興奮したのかもしれない。現実は船酔いするというのに、これいかにだ。

小説家と講談師はワープロお任せ、口から出まかせの職業だ。毎晩半覚半睡で想像する光景を書いてみた。

とはいえ、命を張った新酒番船が舞台となると、やはり、「男の世界」だ。武骨《ぶこつ》過ぎる。そこでちょっとだけ工夫して、ふたりの娘をからませ、時折、娘の視点から見た新酒番船の世界になったのではないか、筆者は自画自賛（?）している。

私が文庫書下ろし時代小説に転じて書き始めた二十余年前とは、時代小説も大きく変わった。その当時の時代小説の表紙は、侍や浪人者が刀を振りかざすような絵が主流だった。だが、今では時代小説に女性作家が多数参入し、女性の視点から江戸を見直し、これまでモティーフには考えられなかった料理や女職人の話が加わり、時代小説の読み物世界の内容そのものが大きく広がり、変化した。

当然、編集者も作家も書店さんも女性読者の存在を、見方を大事にしなければ生き残れないと思う。

「新・吉原裏同心抄」シリーズの合間に、一年一作、女性の眼差《まなざ》しで見た江戸世界を丁寧に描いていけたら、最終的にはオムニバス映画のような雰囲気になればと作者は願っている。

ともかく表紙を描いてくれた小林万希子さんの世界のように美しい物語であればよいのだが。

令和二年五月吉日　熱海にて

佐伯泰英

光文社文庫

文庫書下ろし／長編時代小説

新《しん》酒《しゅ》番《ばん》船《ふね》

著　者　佐《さ》伯《えき》泰《やす》英《ひで》

2020年６月20日　初版１刷発行

発行者　鈴木広和
印　刷　萩原印刷
製　本　ナショナル製本

発行所　株式会社 光文社
〒112-8011　東京都文京区音羽1-16-6
電話（03）5395-8149　編集部
8116　書籍販売部
8125　業務部

ISBN978-4-334-79034-9　Printed in Japan

組版　萩原印刷